Ariëlla Kornmehl
Was du mir verschweigst

Ariëlla Kornmehl

Was du mir verschweigst

Roman

Aus dem Niederländischen
übersetzt von
Marlene Müller-Haas

C. H. Beck

Die Übersetzung dieses Buches wurde von der Dutch
Foundation for Literature dankenswerterweise gefördert.

Titel der Originalausgabe: «Een stille moeder»
Erschienen bei Uitgeverij Cossee Amsterdam
©Ariëlla Kornmehl, 2009

Für die deutsche Ausgabe:
Verlag C.H.Beck oHG, München 2011
Gesetzt aus der Joanna bei Fotosatz Amann
Druck und Bindung: Pustet, Regensburg
Gedruckt auf säurefreiem, alterungsbeständigem Papier
(hergestellt aus chlorfrei gebleichtem Zellstoff)
Printed in Germany
ISBN 978 3 406 61261 9

www.beck.de

«Experience is not what happens to a man;
it is what a man does with what happens to him.»
Aldous Huxley

Für meine Eltern

I

Beim Betreten der Wohnung lasse ich ihm den Vortritt. Nach wenigen Schritten stehen wir fast vor dem Kühlschrank. Die Küche ist relativ neu.

Das scheint ihn nicht zu interessieren, er geht zur Fensterbank und betrachtet die Aussicht aus dem dritten Stock. Ziemlich ungewöhnlich, nicht wahr, ein Balkon mit Aussicht, mitten in Amsterdam, sage ich wie nebenbei.

Ob ich das etwa einen Balkon nennen wolle, fragt er. Es fällt mir schwer, mein Lächeln einzufrieren. Bei einem erneuten Versuch, ihn davon zu überzeugen, dass es doch fantastisch sei, mitten in der Stadt ein «Draußen» zu haben, fange ich schon an, mich über mich selbst zu ärgern. Er wirft noch einen Blick auf den Balkon und verzieht das Gesicht, auch mir springt der Müll ins Auge. Die Vormieter waren sich offenbar zu fein, ihren Sperrmüll mitzunehmen. Möglichst unauffällig spähe ich zum verstopften Fallrohr, das vom Balkon nach unten führt, und sehe zum ersten Mal die Ursache der jüngsten Klagen; den Mieter aus der darunterliegenden Wohnung hatte ich schon wegen eines Wasserschadens am Telefon. Ich muss dafür sorgen, dass der Kram schnell weggeschafft wird, damit das Regenwasser wieder flott ablaufen kann.

Er dreht sich um, sagt, dass ich es «nett rüberbringe», und geht Richtung Innentreppe. Er möchte sich oben umsehen. Meist werde ich diese Maisonettewohnungen schnell los, gerade wegen der Treppe; der Gedanke, auf zwei Etagen zu wohnen, egal wie klein sie auch sind, gefällt den Mietern. Ich folge ihm nach oben, wo er umgehend auf das winzige Badezimmer zusteuert. Sein Blick bleibt an der renovierten Duschzelle hängen. Keine Badewanne.

Ich seufze. Nein, keine Badewanne.

In dem kleinen Raum scheint er Atembeklemmungen zu bekommen, er zieht seinen dunkelblauen Mantel aus und legt ihn über den linken Arm. Am liebsten würde ich mir kurz die Hände in dem blanken Waschbecken waschen. Mit Mühe schaffe ich es, die Arme fest an meinen Körper zu pressen.

Übrigens, starte ich einen erneuten Versuch, Männer gehen doch lieber unter die Dusche als in die Wanne.

Dieser Philippe, mein potenzieller Mieter des heutigen Morgens, zieht die Augenbrauen hoch und fragt, ob ich das wirklich glaubte.

Ich glaube es nicht nur, ich höre es immer wieder bei den Besichtigungen. Nach meinem zustimmenden Nicken wirft er mir einen spöttischen Blick zu. Noch nie mit einem Mann zusammengewohnt?

Er provoziert mich, aber ich habe jetzt keine Lust, es zu verneinen. Bin gar versucht, hinzuzufügen, dass ich ein Kind habe. Dass wir auf knapp fünfzig Quadratmetern wohnen und ich nur allzu gern eine Badewanne hätte, um darin stundenlang abzutauchen, um zu vergessen, dass ich mich den ganzen Tag mit etwas beschäftigt habe, das mich nicht interessiert, und dass ich viel zu viele Stunden in diversen Wohnungen mit unangenehmen Männern wie ihm vergeudet habe.

Nie erzähle ich etwas über mich, ja, natürlich, wenn sie fragen, woher mein Akzent komme und wie es denn sein könne, dass ich fließend Niederländisch spräche.

Mit der rechten Hand schiebt dieser Philippe das nicht

erneuerte, aber frisch gestrichene kleine Dachfenster auf und gleich wieder zu. Beim Schließen kontrolliert er gründlich, ob die einzelnen Teile auch gut ineinandergreifen. Wichtigtuer, denke ich, wo du doch nicht einmal weißt, ob du die Wohnung nehmen möchtest. Aber vielleicht muss ich aus der Geste mit dem Schiebefenster des Badezimmers gerade ableiten, dass er ein Interesse an der Wohnung hat. Er folgt mir ins Schlafzimmer.

Wo an der Wand das Bett stand, ist der cremefarbene Anstrich abgeschrammt. Aus der Nähe sehe ich sogar weißen Gips, das muss als Erstes ausgebessert und dann gestrichen werden. Die Schlussabnahme des Vormieters habe ich nicht selbst übernommen, sie wurde offenkundig schlampig gemacht, und mein Kollege hat nicht alles notiert. In der Hoffnung, dass dieser Philippe in seinem blauen Anzug ihn nicht bemerkt, ignoriere ich den Schaden. Ich sage, dass es in der Wohnung ein großzügiges Schlafzimmer gebe, mit mehr als genug Platz für ein Doppelbett und einen großen Kleiderschrank daneben, sogar Nachtkästchen passten hinein und dazu noch ein Stuhl, falls man einen Stuhl ins Schlafzimmer stellen möchte. Philippe wirft mir einen fragenden Blick zu, und ich erinnere mich nur allzu gut daran, wie übervoll das Zimmer wirkte, als hier wirklich ein Doppelbett mit einem riesigen Schrank daneben stand – man kam nicht einmal mehr am Bett vorbei. Der Heizkörper unter der Fensterbank hat seine besten Tage hinter sich. Fast jeden Winter muss er repariert werden, wobei der Monteur gezwungen ist, sich samt seinen schmutzigen Schuhen über das gemachte Bett zu rollen. Das erste Mal war es lediglich eine Frage des Entlüftens. Er lachte mich damals schrecklich aus, ob ich denn nicht wisse, dass man ab und zu die Luft herauslassen müsse. Der Monteur berührte den Heizkörper, als ob es sich um ein Haustier handelte, und war an jenem Nachmittag nach zwei Minuten wieder weg. Obwohl er erklärte, dass der Heizkörper wieder eine Weile funktionieren würde, war es schon im nächsten Winter wieder so weit, das Ding begann zu lecken, und seither wird immer stundenlang daran gearbeitet.

Philippe muss zu seiner Arbeit zurück, aber er sagt, er werde «schnell» auf diese Besichtigung zurückkommen. Wenn er in unserem Büro anrufe, solle er dann nach mir fragen? Ich nicke. Ob ich Lena hieße, fragt er.

Warum er aus Lunia Lena macht, weiß ich nicht. Immer höflich bleiben, Regel Nummer eins, höre ich den Chef des Maklerbüros an meinem ersten Arbeitstag sagen. Manchmal fällt das verdammt schwer. Um mich zu beherrschen, beiße ich mir auf die Unterlippe. Bas würde jetzt sagen, mein Mund verrate meine Wut und er sehe ihm an, dass ich gleich explodieren würde. Und wenn ich wirklich durchdrehe, verfalle ich in meine Muttersprache, sogar beim Fluchen, wovon Bas kein Wort versteht – vielleicht ist das noch das Angenehmste an unseren Zankereien. Bas meint, es sei nicht akzeptabel zu fluchen, wenn der Kleine dabei ist, da hat er natürlich recht, aber manchmal geht es nicht anders, und man macht das nun mal nicht zu einem geplanten Zeitpunkt. Und auch nicht immer in der vorgeschriebenen Sprache. Manchmal kriegt er zu den niederländischen und russischen Wörtern sogar noch ein paar slowakische dazu.

Aber unserem Kleinen macht das gar nichts aus, der schaut mit großen Augen auf seine Eltern, die sich mit aufgerissenen Mündern und fuchtelnden Armen gegenüberstehen. Manchmal spielt er einfach weiter, malt seine blauen Kreise auf ein weißes Blatt, unbeirrbar, als wäre nichts weiter. Ich beneide Bas, der sich immer beherrschen kann, indem er mich ruhig und gleichzeitig böse ansieht. Die Selbstbeherrschung macht ihn attraktiv, die Spannung um seine kräftigen Lippen, die sich weigern, mit einem so unbeherrschten Wesen wie mir zu sprechen. Die Kontrolle über seine Atmung steht in einem solchen Widerspruch zu der Beklemmung, die ich in mir aufsteigen fühle, dass ich nichts lieber möchte, als mich ihm auszuliefern, mich ihm zu übergeben: Hier, nimm mich an, nimm mich mit, ich selbst kann es nicht, ich bin nicht dazu in der Lage, zeig mir doch bitte, dass alles gut wird, obwohl ich weiß, dass es nicht so ist. Das ist die allerbeste Lüge, die man als Kind ständig zu hören bekommt, dass alles gut wird. Ich will, dass er mich beruhigt, mich straft, mir die Kleider vom Leib reißt, mich zwingt, endlich einmal den Mund zu halten, die einzige Weise, wie er mich zum Schweigen bringt.

Aber meist geht es anders, meist endet es damit, dass einer von uns aus dem Zimmer rennt oder in Tränen ausbricht. Letzteres passiert natürlich nur mir. Am unerträglichsten ist dann seine Aufforderung, mich doch einen Moment lang zurückzuziehen, denn auch meine Heulerei sei nicht gut fürs Kind. Dann trolle ich mich aufs Klo, dann fühlen sich meine Beine noch magerer an, als sie sind, als ob sie mir nicht mehr voranhelfen würden, aber ich gehorche und lasse meinen Körper schließlich auf den kalten Fliesenboden sinken, den einzigen Quadratmeter, den man abschließen kann. Mein Kopf liegt auf meinen angezogenen Knien, meine Pobacken werden auf dem Boden ganz kalt. Ich aber nicht, mir klingt jedes Mal wieder dasselbe Geschrei in den Ohren, als ob mich jeder Zank wieder zu diesem einen Streit zurückbrächte, Papa will nichts mehr davon hören, es reicht ihm, wie ist sie nur auf die Idee gekommen, nach Moskau zu fahren? Sie schwieg, das Schweigen brachte ihn noch mehr auf. Nie würde sie ihn zurückbekommen, schwor er, nicht in Moskau und auch sonst nirgendwo. Du findest ihn nicht. Papas Stimme wurde immer lauter. Ich halte mir die Ohren zu, drücke meine Hände fest gegen meinen Kopf. Sie muss etwas geflüstert haben, das mit mir zu tun hatte. Lass meine Tochter aus dem Spiel, schrie er. Es klang wie eines seiner Kommandos.

Deine Tochter, sagte sie spöttisch.

Danach hörte ich sie weinen. Obwohl er bereits die Küche verlassen hatte, wagte ich es nicht, zu ihr zu laufen. Ich wagte nicht zu sehen, was ich vermutete.

Dann stehe ich auf, lasse die Arme sinken und sehe meine nassen Augen in dem kleinen Spiegel mit Mosaikrand.

Der Spiegel ist viel zu bunt. Lange starre ich auf mein Bild, jedes Mal wieder verwundert darüber, wie ich es so weit habe kommen lassen. Warum es mir nicht gelingt, mich bei meinem eigenen Mann sicher zu fühlen. Ich weiß inzwischen, dass es meist vorübergeht, dass sich die Wogen wieder glätten, nach dem Sturm scheint kaum Schaden entstanden zu sein. Ganz selten ziehen wir uns dann in unser Schlafzimmer zurück, während der Kleine ruhig weitermalt. Ich fühle mich schuldig und lasse Bas machen, wozu er Lust hat. Und ganz selten gefällt es mir dann auch. Bas hat ein Wort dafür, für das Miteinanderschlafen in diesem Zustand, aber weil ich das Wort in meiner eigenen Sprache nicht kenne, verwende ich es nie. Ob es das Wort auch im Slowakischen gibt, weiß ich eigentlich nicht, aber es kommt mir unanständig vor, meine Mutter bei unserem allwöchentlichen Dreiminutentelefonat danach zu fragen. Obwohl, es könnte helfen. Wer weiß, vielleicht würde es sogar das Kühle überbrücken. Unsere Gespräche können die enorme Entfernung nicht einmal mit den heutigen Telefonverbindungen überwinden. Man hört die Geräusche einer Mutter, die nicht hier ist. Und die einer Tochter, die nicht dort sein kann.

Jedes Mal beendet sie diese Minuten mit der schmerzlichen Frage, wann ich denn einmal zu Besuch käme. Nicht einmal mein Kind haben sie bisher gesehen. Immer wieder verspreche ich, eines Tages wird was draus. Eines Tages nehme ich ihn mit. Eines Tages reise ich mit meinem Sohn nach Sankt Petersburg. Und eines Tages muss sie mir erklären, was ich bis heute nicht verstehen kann. Wen sie damals in Moskau gesucht hat, weshalb Papa ausgerastet ist.

Auch Bas fragt ab und zu, warum wir nicht einmal Richtung Osten unseren Urlaub planen könnten, das Land interessiere ihn sehr. Warum ich mich denn um Himmels willen so dagegen wehrte. Und jedes Mal antworte ich ihm, dass die Birne falle, sobald sie reif sei, ohne zu wissen, ob man das auf Niederländisch auch so sagt, und während ich diesen Satz sage, fühle ich insgeheim diese große Sehnsucht, die Sehnsucht nach dem Tag, an dem ich stolz auf mein Kind sein und mich mit ihm bei meinen Eltern geborgen fühlen kann.

Während ich Philippe meine Visitenkarte in die Hand drücke, fragt er, ob der Mietpreis denn inklusive Gas und Strom sei. Die Standardfrage eines Mieters, der den Mietpreis eigentlich zu hoch findet und zu verhandeln versucht. Schon bevor sie den Besichtigungstermin vereinbaren, wissen sie genau, zu welchen Konditionen eine Wohnung angeboten wird, und trotzdem kommen sie noch kurz darauf zurück, ein Versuchsballon, um dann schockiert reagieren zu können, na hören Sie mal, ojemine, das wird dann ja ein ziemlich teurer Spaß. Alles exklusive, antworte ich, während er noch einen Blick auf die Visitenkarte wirft. Lunia, sehe ich ... Entschuldigung, aber woher kommt denn der Name?, fragt er nicht besonders interessiert. Ist russisch, sage ich. Immer höflich bleiben, höre ich den Chef wieder befehlen, und um noch ein wenig freundlicher rüberzukommen, sage ich, dass der Name nicht besonders typisch sei und nicht so häufig vorkomme wie zum Beispiel Jelena oder Tanja. Er schaut beeindruckt und gleichzeitig zum ersten Mal neugierig. Wie lange ich schon hier lebte, will dieser Philippe am Ende noch wissen, bevor er in sein Büro zurückkehrt. Ich sei gleich nach dem Studium hierhergekommen, mit dreiundzwanzig, erzähle ich. Ob er jetzt also selbst nachrechnen solle, fragt er mit hochgezogenen Brauen. Ich lächle und antworte, ich sei über dreißig.

Er zieht seinen dunkelblauen Mantel an, und wir gehen die Treppe hinunter. Draußen, vor der Haustür, geben wir uns die Hand. Du hörst von mir, sagt er ernsthaft, was meist bedeutet, dass ich binnen zwei Stunden seine Zusage bekomme oder dass, wenn in dieser Zeit nichts kommt, nichts daraus wird. Das sind so in etwa die Möglichkeiten. Ich springe auf mein Rad. Auf dem Weg zur nächsten Besichtigung, ein bisschen näher an der Innenstadt, fahre ich bei der Kindertagesstätte vorbei. Wenn es meine Route irgendwie zulässt, fahre ich vorbei, um hineinzuspähen, um zu sehen, ob er vielleicht doch mit den anderen Kindern spielt, vielleicht doch ein normaleres Kind ist, als wir meinen. Ich steige nie ab, im Gegenteil, ich halte meinen rechten Fuß auf dem Pedal, ich muss gleich wieder loskönnen. Erst einmal hat mich die Betreuerin darauf angesprochen, sie konnte sich nicht vorstellen, dass eine Mutter dasteht und durchs Fenster schaut, ohne ihrem Kind kurz Hallo zu sagen, deshalb fragte sie, ob es «sein könnte», dass sie mich hatte vorbeiradeln sehen. Sofort hatte ich genickt, ich mache Wohnungsbesichtigungen für ein Maklerbüro hier in der Nähe, also ja, ich komme gelegentlich in die Gegend. Warum ich dann nicht kurz hereinschaute, wollte die Betreuerin wissen, ich sagte, ich sei immer auf dem Sprung, in Eile, jedes Mal warte ein Mieter auf mich, und außerdem will ich Reuben nicht durcheinanderbringen, was hat es für einen Sinn, hineinzugehen, um zu sagen, dass ich gleich wieder wegmuss? Seit diesem einen Mal bleibe ich mit meinem Rad in einem gewissen Abstand stehen, ich habe keine Lust auf solche Gespräche mit den Erzieherinnen, ich will von ihnen nur wissen, wie es meinem Sohn geht, ob er ein bisschen mitmacht, was er isst und trinkt. Nein, er spielt nicht mit anderen Kindern, aber, versicherte mir die Gruppenleiterin, das machen sie fast nie in dem Alter, da leben sie noch in ihrer eigenen Welt.

Es wird nie anders sein.

Ich kann sein Gesicht nicht sehen, nur seine schwarzen Löckchen, er sitzt auf einem Hocker am Maltisch, mit dem Rücken zum Fenster. Ich vermute, dass er wieder mit einem blauen Stift Kreise malt.

Es wird wohl damit zu tun haben, sagte Bas, nachdem ich meine Besorgtheit über das Malen unseres Kindes geäußert hatte, und das ist eine dieser Bemerkungen, mit denen er mich auf die Palme bringt. Es wird wohl damit zu tun haben? Alles hat garantiert damit zu tun. Warum können wir ihn nicht ein einziges Mal als ein normales Kind sehen? Bas kann solche Gespräche nicht ausstehen. Ob ich nicht kurz an die frische Luft möchte, fragt er, wenn er merkt, dass ich mich nicht beruhigen kann. Es ist nicht gut für Reuben, wiederholt er, zum x-ten Mal, grauenhaft beherrscht und ruhig, ich könnte ihn auf den Mond schießen. Aber ich reiße mich zusammen, schüttle den Kopf und lächle.

Auf meiner Uhr sehe ich, dass ich ziemlich spät dran bin für meine nächste Besichtigung. Ich beeile mich und denke an uns beide, und wie sich doch um Himmels willen alles so hat überstürzen können, ich kann mich an kaum einen Streit erinnern, bis zu meiner Entbindung. Wir wollten nichts weiter als zusammen sein, weshalb ich auch früher schwanger geworden bin als ursprünglich geplant. Weil das Leben mit Kindern ganz anders wird, wollte ich zuerst einmal damit warten – ich hatte ja keine Ahnung.

Nachdem ich mein Rad angeschlossen habe, hole ich den großen Schlüsselbund heraus und die entsprechenden Papiere für die Besichtigung. Der Herr, der sich für die Wohnung interessiert, ist weit und breit nicht zu sehen, deshalb gehe ich schon einmal vor. Hier in der Nähe des Vondelparks sind die Wohnungen beliebt, aber oft derart schlecht in Schuss, dass potenzielle Mieter entsetzt das Weite suchen. Diese Wohnung kenne ich, sie war zwei Jahre lang an einen Briten vermietet, der auf den ersten Blick einen ordentlichen Eindruck machte, ein Architekt, der mich immer anrief, wenn etwas nicht in Ordnung war, aber zuerst freundlich fragte, ob es mir denn gelegen komme. Wir hatten ein paar Termine zusammen, wenn etwas repariert werden musste – einmal machte ihn ein tropfender Wasserhahn verrückt –, und jedes Mal blieb er brav zu Hause, um uns einzulassen. Er hatte so eine britische Frisur, alles saß, wo's hingehörte, nicht zu lang und nicht zu kurz, und er trug diese langweiligen Streifenkrawatten. Nach der Endabnahme, auch schon wieder vor drei Monaten, fand ich in seinem Nachtschränkchen einen Notizzettel. Vielleicht hatte er etwas Wichtiges vergessen, deshalb warf ich einen Blick auf das Blatt. Immer hinter einem Gleichheitszeichen standen ein paar niederländische Ausdrücke. Vor dem Gleichheitszeichen standen nur Abkürzungen. Mindestens sieben Stück. Ich las die erste. «n. a.» Lekker kontje, hübscher Arsch. Den Rest ließ ich daraufhin ungelesen, ich zerknüllte den Zettel und steckte ihn in die Jackentasche. Seitdem frage ich die Mieter bei der Endabnahme, ob sie vielleicht etwas in der Schublade haben liegen lassen. Sie lachen dann oft peinlich berührt, sie denken an etwas anderes als ich.

Heute Nachmittag steht noch eine Abnahme und ein Erstgespräch mit einem Mieter bei uns im Büro auf dem Programm, danach bin ich fertig. Ich habe in etwa sechs Termine pro Tag. Fünf. Vier. Drei. Jeden Tag zähle ich sie ab. Wenn ich auf null bin, fühle ich mich ebenso und haste zur Kindertagesstätte, um Ruby abzuholen. Jedes Mal schlingt er seine Ärmchen um mich, und wir geben uns ein Küsschen auf den Mund.

Jeden Tag wieder macht er mir mit zwei Gebärden klar, dass er schnell weg möchte, nach Hause. Ich beeile mich, verabschiede mich von der Kindergärtnerin, ziehe ihm die Jacke an, setze ihm eventuell eine Mütze auf, und dann installieren wir uns auf dem Rad. Auf dem Weg spüre ich immer zwei Händchen um meine Taille.

Nach langem Hin und Her haben wir beschlossen, Reubens Geburtstag nicht bei uns zu Hause zu feiern. Das ist der Vorteil von Kindern, die im Frühling Geburtstag haben oder im Sommer, überzeugt mich Bas, man kann Leute auf den Spielplatz einladen, es gibt etwas zu trinken und Kuchen, und schon hat man einen gelungenen Kindergeburtstag. Undenkbar, dort wo ich herkomme, da wurden Geburtstage überhaupt nicht gefeiert, und auch die Spielplätze waren nichts besonders Schönes. Wenn irgendwo in einem trübseligen kleinen Park eine graue Stahlwippe stand, nannte man das einen Spielplatz. Und ich erinnere mich vor allem, dass es ein Ort war, wo eben keine Kinder zu sehen waren. Kein Kind kam wegen dieser einen Wippe oder wegen einer Schaukel irgendwo hinter einer abgelegenen Gasse. Es waren vor allem Männer, ernste Männer in langen, dunklen Mänteln, die sich dort unterhielten. Manchmal lehnte einer an der Wippe, oder sie saßen zusammen auf der Bank, die gleich neben der Wippe auf die Mütter von spielenden Kindern wartete – ich glaube nicht, dass ich dort je eine Mutter habe sitzen sehen. Es wurde vor allem verhandelt, alles Mögliche organisiert. Deshalb wäre das auch der letzte Ort, an den man mit seinem Geburtstagskind hätte hingehen wollen. Man ging eigentlich nirgendwohin mit dem Geburtstagskind. Es wachte auf, wurde beglückwünscht, mit ein bisschen Glück gab es ein Geschenk, und ansonsten war es ein Tag wie jeder andere.

Ich erinnere mich an einen einzigen Geburtstag meines kleinen Bruders Lew, an dem zwei Kinder zum Essen eingeladen worden waren. Zum Verdruss meines Vaters stellten die Kleinen das ganze Wohnzimmer auf den Kopf. Es war das erste und letzte Mal, dass ein Geburtstag auf diese Art herausgehoben wurde. Am Abend stritten sich unsere Eltern, meine Mutter bekam wieder eins auf den Deckel, ob sie bitte aufhören könne zu versuchen, eine Westlerin zu sein. Das war ein Schimpfwort, Westlerin, er konnte es ganz grässlich rufen – mir läuft heute noch ein Schauder über den Rücken. Aber sie war nicht unbedingt auf das Westliche aus, sie hatte nur gehört, das Leben wäre dort besser, das hatte sie uns oft zugeflüstert. Sie lebte in ihrer eigenen Welt.

Ein einziges Mal gab sie sich größte Mühe, uns den Eindruck zu vermitteln, dass mein Vater vielleicht doch recht hatte. Er war nicht umsonst stolz auf Russland. Vor allem, wenn er ihr eine Abfuhr erteilt hatte, versuchte sie, ihm nach dem Mund zu reden, wie an dem Abend, als sie meine langen Haare vor dem Spiegel bürstete. Ich stand auf einem Hocker, um mich sehen zu können. Dass Papa vielleicht doch recht habe, sagte sie mit leiser Stimme. Ich verstand nicht, was sie meinte. Wenn du von der Hoffnung lebst, verhungerst du, flüsterte sie. Und dann bleibt nichts von dir übrig.

Nie zuvor war ich an einem Geburtstag so unglücklich gewesen. Es hatte nichts mit der Bedeutung des Tages zu tun, die Erinnerung an seine Geburt war nie schrecklich, wir hatten ja damals noch keine blasse Ahnung. Es ging um den Blick nach vorn. Wir hatten die Feier aufs Wochenende verschoben, wodurch der darauffolgende Montag sein erster Schultag sein sollte. Er hatte schon mehrfach danach gefragt, ob er mit den anderen Kindern aus seiner Gruppe in dieselbe Schule wechseln dürfe. Wiederholt gab ich ihm zu verstehen, dass alle Kinder in verschiedene Schulen gingen, trotzdem fragte er immer wieder nach. Und natürlich durfte ich ihm keinen Bären aufbinden, er musste begreifen, dass er nicht wie die anderen war, und deshalb versuchte ich ihm klarzumachen, dass es so besser für ihn sei, dass auf dieser Schule mehr Kinder wie er seien. «Mehr», sagte ich, nicht «alle».

Meine Eltern hatten angerufen. Um zu gratulieren. Zuerst meine Mutter, die es schrecklich fand, dass sie Reuben nicht ans Telefon bekommen konnte, aber danach wurde es angenehmer, ich hörte die Stimme meines Vaters, streng, ernst, wie ich es von ihm gewohnt bin, der vertraute Ton tat mir gut.

Wie es mir so ergehe, dort im Westen, fragte er wieder, und «Westen» klang wieder sehr ekelhaft. Nach all den Jahren hat er noch immer Probleme damit und lässt es sich gern anmerken, er hat mir auch schon gesagt, dass sich das nie ändern werde, dass ich mir deshalb also nicht allzu viel daraus machen dürfe. Meist können wir darüber lachen. Ich erzählte, dass es mir gut gehe, dass die Tage vorbeiflögen, wenn man zu tun habe, das kannte er. Früher klagte unsere Mutter, er sei mit der Armee verheiratet, nicht mit ihr. Und dann warf er ihr einen zufriedenen Blick zu, das war ein gutes Zeichen, er nahm seine Pflichten ziemlich ernst. Und doch musste er vor zwei Monaten den Dienst quittieren, eine unvorstellbare Veränderung in seinem Leben, oder in ihrem Leben, sollte ich eigentlich sagen, urplötzlich ist er «zu Hause». Wir haben uns in der Zwischenzeit nur wenige Male gesprochen, aber immer hat er erwähnt, dass es ihm schwerfalle, obwohl er jetzt endlich die Zeit habe, mit seinen Freunden Karten zu spielen und lange Wanderungen an der Newa zu machen. Aber selbst als er noch arbeitete, erzählte er am Telefon mehr als meine Mutter.

Heute bemerkte ich eine Veränderung in der Stimme meines Vaters, auf einmal sprach er eine Spur leiser, was ich von ihm nicht kenne. Er fragte, wie es dem Kleinen gehe, ob er einen schönen Geburtstag gehabt habe. Kurz erzählte ich ihm vom Spielplatz, wo wir den Nachmittag verbracht hatten, und mein Vater sagte, er finde es schade, dass sie nicht dabei sein konnten. Eines Tages vielleicht, setzte er hinzu, vielleicht eines Tages. Nach einem tiefen Seufzer wurde unser Telefongespräch mit einem Bis bald und auf Wiedersehen beendet, was nur bedeutete, dass wir nächste Woche wieder telefonieren würden, während ich eine unausgesprochene Sehnsucht danach fühlte, mit ihm im selben Raum zu sein.

Heftiges Schaukeln mochte Reuben am liebsten, oder vielleicht noch mehr das Klettergerüst mit den anderen Kindern, nein, die Torte mit den bunten Figürchen darauf, so etwas hatte er noch nie gesehen. Ich ertrug sein strahlendes Gesicht nicht länger. Ich ziehe meine Strumpfhose an, über die Füße, über die Knie bis zur Taille. Ich öffne den Rockreißverschluss. Als ich mir den Rock über das Gesäß ziehe, kann ich nicht länger so tun, als sei ich stärker, als ich bin, obwohl ich weiß, dass er meine Angst nicht spüren darf. Er muss denken, dass es toll ist, sein erster Schultag ist schon unheimlich genug, ich muss ihm Vertrauen vermitteln, ihn davon überzeugen, dass es gut für ihn ist, er kann dort schön spielen, aber auch lernen, es ist der einzige Ort, an dem er etwas lernen kann. Und nein, die anderen Kinder aus der Kita können nicht in diese Schule. Seine kleine Hand tippt an meinen Rock. Bisher habe ich mein Gesicht so weit wie möglich weggedreht, aber das geht jetzt nicht mehr. Er sieht mich an, ich fühle seine Panik. Seine Hände machen eine nervös fragende Geste.

Ich gehe in die Hocke. Mit noch nacktem Oberkörper, den Reißverschluss habe ich gerade zugezogen. Jetzt, wo wir auf gleicher Höhe sind, kann ich mich nicht mehr zusammenreißen.

Es dauert nicht lange, bis er mir eine Träne vom Gesicht wischt, worauf er das nasse Fingerchen unter seine eigenen Augen streicht.

Ich nehme ihn fest in den Arm, er muss spüren, dass ich ihn lieb habe, dass ich stolz auf ihn bin, dass alles gut wird, dass er seinen Weg finden wird, irgendwie. Jetzt, wo er sich an mich drücken lässt, fühle ich meine Angst, wie sollen wir das schaffen jeden Tag, hin zu dieser Schule und wieder zurück, die Fahrt wird uns jeden Tag gut zwei Stunden kosten.

Ich muss bei meinem Job Stunden abgeben, später anfangen, Rutger sagte, wir würden schon eine Lösung finden, damit ich später arbeiten kann, aber ich kann natürlich nicht später arbeiten, die Mieter wollen zu bestimmten Zeiten besichtigen, und Reuben muss auch wieder abgeholt werden, das Ende seines Schultags bedeutet, dass ich früher von meiner Arbeit weggehen muss. Wir werden es aufteilen, zwei Tage die Woche fährt Bas mit ihm zur Schule, die anderen drei übernehme ich. Die Schule hat mir Informationen über extra Kindergeld gegeben, davon wusste ich nichts, wir haben anscheinend ein Recht darauf. Die Schule hilft auch beim Beantragen von extra Hilfsmitteln, beispielsweise einem speziell ausgerüsteten Computer.

Aber ich kann mir so gut vorstellen, dass es ihm dort nicht gefallen wird, die vielen Kinder, die er nicht kennt, so weit weg von zu Hause. Und wenn etwas passiert, wenn ihm etwas angetan wird? Er kann nicht um Hilfe rufen.

Warum ich weine, fragt Reuben.

Es ist nicht schlimm, wenn man manchmal weinen muss, Ruby. Er schaut verwundert auf meine Hände.

Ob mir etwas wehtut.

Ich schüttle den Kopf. Wie soll ich es erklären?

Meine Ängste vereinen sich in ein paar Tränen, und ich merke, dass ich mich zusammennehmen muss, denn diese Schule ist für ihn das Beste, es wird ihm guttun, mit Kindern zusammen zu sein, wie er eines ist.

Reuben steht mir direkt gegenüber, ich hocke noch immer vor ihm, habe meine Hände um sein Händchen gefaltet. Doch dann lasse ich los, um zu reden, um ihm zu erklären, dass es auch manchmal regnen muss. Das habe ich ihm doch erzählt, letzten Sommer, als wir zusammen die Pflanzen gekauft haben? Damit sie blühen, braucht es auch Regen, weißt du noch?

Reuben lächelt vorsichtig und nickt. Die Blumen waren genauso schön blau herausgekommen, wie ich es versprochen hatte. «Meine Liebfarbe», sagt er mit den Händen.

Zwei Herren vom Wohnungsamt stehen da und erwarten mich. Einer von ihnen trägt die schwarze Aktenmappe, aus der immer das Punktebewertungsformular gezogen wird. Der schwarze Stift hängt müde in seiner Brusttasche. Ich schließe mein Rad ab und gehe auf sie zu. Beim Händeschütteln sehen sie mich forschend an. Es gibt Momente, in denen ich merke, dass ich besser nicht meinen Mädchennamen gesagt hätte, aber ich kann den holländischen Familiennamen von Bas gar nicht leiden. Während ich in meiner Tasche nach den richtigen Schlüsseln suche, schweigen wir uns an. Obwohl ich beim Suchen den Kopf ein wenig gesenkt halte, fühle ich ihr Starren, wie sie mich begutachten, als ob die Punktebewertung auf mich anwendbar wäre. Ich sehe die Spalten schon vor mir: Busen: 2. Hintern: – Nach einem Gedankenstrich wird meist etwas in die Spalte «Verbesserungsvorschlag» geschrieben. Verbesserungsvorschlag: mehr essen. Das Wohnungsamt ist kreativ und kommt selbstständig mit Vorschlägen. «Wenn Sie mehr Punkte haben möchten, könnten Sie zur Verbesserung des Wohnstandards eine Zentralheizung einbauen lassen, das macht schon ziemlich viel aus. Und gibt zwei Punkte pro Heizkörper. Mit einem Thermostatregler sogar drei.» Wie oft habe ich sie das schon sagen hören.

Mit dem richtigen Schlüsselbund in der Hand frage ich, ob ich vorangehen solle. Sie nicken. Täglich höre ich beim Treppensteigen meine Mutter sagen, das gehört sich nicht, ein Mann hat nicht hinter dir her die Treppe hinaufzugehen. Aber so funktioniert es nun mal, ich mache Wohnungsbesichtigungen, und deshalb gehe ich voraus. Ich kann nichts dafür, dass ich mit diesen langen, mageren Beinen geboren wurde, weshalb meine Röcke immer kürzer aussehen, als sie sind. Es ist mir egal, sollen sie doch starren. Noch schlimmer, wenn wir so die Treppen steigen, überkommt mich immer der Gedanke: Nächstes Mal ziehe ich keinen Slip an.

Heute wollen die Herren die Dachwohnung sehen. Weshalb sie für diese Punktebewertung wohl zu zweit kommen?

Es gibt einen Freisitz, eine kleine Dachterrasse, sage ich im Wissen, dass das Punkte bringt. Ich fürchte aber, mit dieser Wohnung schaffen wir die Höherstufung so gerade, es wird knapp werden. Wenn die Wohnung in der Mietpreisbindung bleibt, kann ich nichts mit ihr anfangen. Dann lohnt der Mietertrag den Aufwand nicht. Deshalb muss ich immer versuchen, zu einer Einigung zu kommen, ab und zu gelingt das schon bei der Begehung, wenn ich verspreche, die von ihnen vorgeschlagenen Verbesserungsvorschläge ausführen zu lassen. Diese beiden Herren sehen nicht gerade kompromissfreudig aus. Aber wir bleiben freundlich.

Im Gegensatz zu meinen Kollegen ärgere ich mich nicht besonders über das Punktesystem. Deshalb kriege meist ich diese Jobs, die anderen haben dazu keine Lust. Der Chef meint, meine Geduld hätte mit meinem «kommunistischen Hintergrund» zu tun. Das bezweifle ich und habe ihm geantwortet, es sei doch überall dasselbe Lied, nur sei in westlichen Ländern die Bürokratie besser getarnt.

Nach einer Viertelstunde bekomme ich das Bewertungsformular, uns fehlen zwei Punkte, was schrecklich schade ist, nein, nichts zu machen, die Wohnung darf nicht frei vermietet werden, demnächst kommt ein Brief der Gemeinde. Nein, nein, bitte, warten Sie doch einen Augenblick, kann ich das mal kurz sehen, hier, die Spalte «Verbesserungsvorschläge» ist völlig leer. Kann denn wirklich gar nichts verbessert werden? Ich beuge mich jetzt ein bisschen vor, zu nah an den Mann, der das Formular hält, ich rieche seinen Atem, und mir wird richtiggehend übel, aber ich bleibe nett und unterwürfig, helfen Sie mir doch, machen Sie mir einen Vorschlag, ich werde mein Möglichstes tun. Er seufzt tief, sagt puh, puh, puh und danach, dass im Badezimmer vielleicht ein zweites Waschbecken angebracht werden könnte, das gäbe zwei Punkte. Na also, das ist eine Idee. Ich lasse den Kopf ein wenig hängen, ein Waschbecken, dann müssen wir ran an die Leitungen, die Wand aufbrechen, ein Installateur muss her, danach wieder streichen. – Aber es ist eine Idee, vielen Dank. Und was könnten wir noch versuchen, gibt es eine Alternative? Der Beamte wirft einen zweifelnden Blick auf sein Formular, fährt mit dem schwarzen Stift durch alle Räume und sagt abermals puh, puh, puh. Ein zweites Waschbecken, wiederholt er. Ich nicke gehorsam, worauf er heftig zu kritzeln anfängt. Das ist schon etwas, was mir in meinem Heimatland beigebracht wurde. Gehorsam. Nur zu Hause klappt es nicht. Ich kann nicht so ruhig werden, wie Bas es von mir fordert. Ich kann mich nicht damit abfinden, im Gegenteil, die Frustration wächst unablässig, wodurch ich Reubens Situation immer weniger akzeptieren kann. Andere Mütter scheinen sich damit abfinden zu können. Das behaupten sie zumindest in der Schule, wenn diese halben Gespräche entstehen, die ich gar nicht führen möchte. Sie reden dann darüber, das Leben zu akzeptieren und zu lieben, darüber, dass man sich mit den Möglichkeiten und Unmöglichkeiten abfinden müsse, man könnte es sogar eine Berufung nennen. Erst wenn man sich in sein Schicksal finde, könne man in Liebe und Frieden leben. Mir war sofort klar, dass derlei Gerede die Auswirkung einer religiösen Erziehung sein muss, es ist nur gut, dass zumindest das an mir vorübergegangen ist. Wie viele Wochen wir für das Waschbecken brauchen, fragt der Mann vom Wohnungsamt, und ich schlage vor, dass wir uns in sechs Wochen wieder treffen, um die Punktefrage abzuschließen. Er nickt zustimmend und schaut seinen Kollegen an, der einen neuen Termin vereinbaren wird. Er ist verantwortlich für die Terminplanung, jedem seine Aufgabe. Ich bedanke mich bei den Herren für ihr Kommen und schüttle zwei Beamtenhände.

Meine Mutter fragt, ob Reuben vielleicht dieses Mal ans Telefon kommen könne. Wieder muss ich sie enttäuschen, er ist nicht da, er ist mit seinem Vater nach draußen gegangen, hier ist wunderbares Wetter, sie sind kurz zum Spielplatz, wir wohnen nicht weit von einem kleinen Spielplatz entfernt, aber das habe ich schon so oft erzählt. Ich verstehe auch nicht, warum sie ihn immer sprechen will, nach all der Zeit weiß sie doch, dass das keinen Sinn hat.

Nach unserem kurzen Gespräch frage ich, ob mein Vater noch eben ans Telefon kommen könne. Meist ruft sie dann unverzüglich «Vadim» durch die Wohnung, sodass ich den Hörer ein Stück vom Ohr weghalten muss. Diesmal bleibt sie stumm. Sie ruft ihn nicht. Darf ich Papa noch eben sprechen, wiederhole ich.

Papa ist nicht da, sagt sie schließlich mit einer kleinlauten Stimme, ohne dass ich verstehen kann, weshalb sie sich so merkwürdig verhält, das kommt doch öfter vor. Seit er mehr Freizeit hat, geht er gelegentlich zum Kartenspielen mit seinen Freunden, oder er unternimmt andere Männersachen, wie sie das einmal bezeichnet hatte. Sie hüstelt, übertrieben oft.

Vor zwei Tagen ist er morgens mit Schmerzen aufgewacht. Oder eigentlich kein Schmerz, aber er fühlte sich nicht wohl. Ob er denn Grippe habe, unterbreche ich sie. Nein, keine Grippe. Er konnte den Arm nicht mehr bewegen, kaum noch sprechen, und sein Mundwinkel hing herunter. Sie hat ihn ins Krankenhaus gebracht, wo er immer noch liegt. Jetzt höre ich sie schluchzen. Mir bleibt der Mund offen stehen. Warum sagt sie das nicht gleich?

Meine Mutter weiß nicht mehr weiter, ich erkenne in ihrer Stimme diese Hoffnungslosigkeit, die mich gleich wieder an das Gespräch über Reuben erinnert, vor ein paar Jahren. Als ich meine Eltern angerufen hatte, um zu erzählen, dass mit ihm etwas nicht in Ordnung sei, wir aber noch nichts Genaues darüber wussten – da konnte sie kein Wort mehr herausbringen. Sie hatte den Hörer auf der Stelle meinem Vater übergeben.

Nun spricht sie zwar, sagt mir aber nicht genau, was los ist, nur, dass sie sich große Sorgen mache. Wie lange muss er denn dort bleiben? Sie weiß es nicht, das heißt, die Ärzte wissen es noch nicht. Es handelt sich wahrscheinlich um einen Schlaganfall. Sie untersuchen Vadim, sie wollen herausfinden, inwieweit das Gehirn geschädigt ist. Sie erzählt, dass sie nachts kein Auge zumache. Das weiß ich, denke ich bei mir, trotz allem kann sie nicht ohne Papa leben.

Heute kommt mein Bruder Lew aus Moskau, darauf freut sie sich. Als ich sage, dass ich ebenfalls kommen würde, schluchzt sie nicht mehr, sondern fängt an zu weinen. Das hätte ich nicht zu bitten gewagt, flüstert sie. Sie braucht es auch nicht zu erbitten, ich finde es völlig selbstverständlich. Ich verspreche, bald wieder anzurufen.

Wir legen auf. Ich sitze reglos da. Mein Rücken ist gegen die Wand gelehnt, auch mein Kopf, endlos lang starre ich an die Decke.

Ich werde nach Hause fahren.

Reuben klingt ausgelassen, ich höre sein hemmungsloses Herumpoltern, offensichtlich hat es ihm gefallen auf dem Spielplatz. Ich ärgere mich über sein Geschrei, noch bevor ich sie habe hereinkommen sehen, stehen mir die Haare zu Berge. Wie soll er je im Leben zurechtkommen, wer wird so etwas akzeptieren, wer erträgt diese Monstergeräusche? Ärgerlich gehe ich ihnen entgegen, Bas fordert Reuben auf, die schmutzigen Schuhe auszuziehen, was er selbstverständlich auch selbst tun wird. Erst als die vier Sportschuhe in der kleinen Eingangshalle stehen, wirft mir Bas einen Blick zu. Tag, Liebes, sagt er, und ich lächle beklommen, ich versuche, mich zusammenzunehmen.

Mit mehrfachem tiefem Einatmen gelingt es mir manchmal, nicht die Kontrolle zu verlieren, jetzt muss ich mich anstrengen, mich nicht ständig so ärgern, ich möchte mit Bas sprechen, ihm erzählen, dass das Sonntagnachmittagsgespräch mit meiner Mutter anders verlaufen ist, als ich es mir je hätte vorstellen können. Wie naiv bin ich gewesen, mich nicht gegen ein solches Ereignis zu wappnen?

Bas geht in die Küche, um für Reuben Tee zu kochen, es ist kalt draußen. Ob ich auch eine Tasse möchte. Erst als ich nicke, fällt ihm meine zitternde Unterlippe auf. Er will wissen, was los ist.

Meine Mutter hat angerufen, sage ich. Sie hat über meinen Vater gesprochen, es ist etwas mit ihm passiert, ich habe es nicht richtig verstanden, aber er liegt im Krankenhaus, und ich will zu ihm. Bas fragt, was er denn habe.

Weil ich es nicht genau sagen kann, zucke ich mit den Schultern. Vielleicht ist es ein Schlaganfall. Bas stellt sich vor mich und nimmt mich in die Arme. Er küsst mich vorsichtig auf den Scheitel. Liebes, sagt er und nimmt mein Gesicht zwischen seine Hände, du musst hinfahren, das regeln wir schnell. Und es sind diese Worte, die Ruhe, mit der er diese wenigen einfachen Sätze ausspricht, nach denen ich mich besser fühle. Es sind diese Hände, die meinen Kopf umfangen, weshalb ich weiß, dass ich am richtigen Ort bin, dass ich nirgendwo sonst hingehöre als zu ihm. Dieses Gefühl möchte ich nicht verlieren. Niemals. Er nimmt mich noch einmal in den Arm, mein Ohr liegt auf seiner Brust, ich höre sein Herz schlagen. Bitte, möchte ich sagen, bitte, übernimm du das Ruder. Sekundenlang schließe ich die Augen. Ich habe Mamas Angst gefühlt, sie kann nicht ohne ihn sein, obwohl ich dachte, dass es einen anderen gibt – geht sie jetzt nach Moskau zurück? Wen hat sie dort gesucht? Ich habe nie gewagt, danach zu fragen. Und nie gewagt, es Bas zu erzählen. Was soll er damit? Was soll ich damit?

Aus meinen Augen quellen Tränen, unsere Haltung bleibt unverändert, aber ich fühle mich mit einem Mal von der Wirklichkeit ausgesperrt, selbst Reubens Gestammel klingt leiser als sonst. Aber das kommt vielleicht daher, dass mein Ohr an Bas' Schulter liegt.

Für die Rozengracht mussten wir ein Inkassobüro einschalten. Rutger berichtet, es gehe um fünf Monate Mietschulden. Er hat erst vor einem Jahr eine eigene Abteilung «Verwaltungsangelegenheiten» innerhalb seines Maklerbüros installiert. Darunter fallen auch die Mieteinnahmen. Es wurde sogar eigens jemand für die Verwaltung eingestellt, der breitschultrige, immer schwarz gekleidete Aleksandr, der sich gern Alex nennen lässt, um zu vergessen, dass er von Flüchtlingen aus Weißrussland abstammt. Keine Ahnung, weshalb mich Rutger ständig mit solchen Fragen belästigt. Trotzdem kümmere ich mich mit Vergnügen um Verwaltungsfragen; dieser Aleksandr sieht ziemlich gut aus. Die Verhandlung ist für nächste Woche angesetzt, wenn der Mieter nicht auftaucht, ist es vorbei. Was er denn unter «vorbei» verstehe, frage ich verwundert, noch nicht bewandert auf diesem Gebiet und auch nicht sattelfest in allen Fachbegriffen. Wenn er nicht auftaucht, spricht man von einem Säumnisurteil, sagt Rutger. Er tut so, als ob er Ahnung davon hätte. Und dann?, frage ich. Dann geht die Sache zum Gerichtsvollzieher weiter. Haben wir denn einen? Er lächelt. Selbstverständlich. Neugierig frage ich, was der dann unternehme. Der Gerichtsvollzieher lege einen Räumungstermin fest. Um Himmels willen, fallen die dann in der Rozengracht im dritten Stock in die Wohnung ein und räumen sie leer? Ich kenne die Mieter, ich habe sie selbst dorthin vermittelt, legt man ihnen dann Handschellen an? Nein, oder doch?

Er schüttelt den Kopf, so weit kommt es meist nicht, meist reagieren sie mit einer Überweisung auf den Räumungstitel. Es sei denn, sie sind schon ausgezogen, doch das kommt selten vor. Ich kann nicht ganz folgen. Nun ja, wenn ein Mieter einfach unbekannt verzogen ist, merkt man das ebenfalls erst beim Ortstermin. Mannomann, sage ich und seufze laut auf, und das betreut Aleksandr dann alles, den ganzen Ablauf? Mir erscheint das auf einmal sehr attraktiv. Begleitet er etwa all diese Schritte? Ich mag es, mich als Frau mit Männerarbeit zu beschäftigen. Außerdem hat Aleksandr schon einmal angefragt, ob ich an einem Freitagnachmittag mitkäme, noch einen trinken.

Ich musste ablehnen. Zu Hause wartet man auf mich.

Rutger steht mir mit verschränkten Armen gegenüber. Jetzt, wo wir doch gerade die Zeit dazu haben, will er wissen, was denn mit der Option vom Koninginneweg passiert sei. Wovon redet er? Die mittlere Wohnung am Koninginneweg habe ich doch schon vor zwei Wochen vermietet. Dort wohne ein ordentlicher Mieter, ein portugiesischer Designer, er habe bereits die erste Miete und auch die Kaution überwiesen, ich weiß nicht, worüber Rutger noch sprechen möchte. Nein, sagt er, ich möchte mich mit dir über die Reservierungsfrist unterhalten, die du ihm eingeräumt hast.

Die Reservierungsfrist? Die war für einen Tag gültig, das machen wir doch immer so, was ist daran nicht in Ordnung?

Ein Seufzer entschlüpft Rutgers verkniffenem Mund. Es ist etwas schiefgegangen, einer meiner Kollegen hatte ebenfalls eine Reservierung zugesagt, für dasselbe Apartment, am selben Tag. Ach, das meinst du, sage ich überrascht, das ist schon öfter passiert, ziemlich blöd, aber fast unvermeidlich, antworte ich mit Unbehagen. Rutger schüttelt den Kopf, er finde es dem Kunden gegenüber, dem dann abgesagt werden muss, nicht fair, Reservierung ist Reservierung. Er bittet uns um bessere Kommunikation, wir müssen uns gegenseitig schneller informieren. Ich nicke, er hat recht. Ich mache einen Rückzieher, sage, eigentlich stellen wir es ja in die Mail, aber wenn man dann nicht mehr ins Büro kommt und den ganzen Tag mit Kunden unterwegs ist, kann man eben nicht wissen, wer welche Reservierungszusage gegeben hat. Rutger sieht das Problem. Mir ist es egal, wie ihr das löst, sagt er. In Ordnung, nicke ich, wir besprechen das.

Zwischen zwei Besichtigungen radle ich zu einem Reisebüro, das auf dem Weg liegt. Die Frau am Tischchen ist zu sehr mit sich beschäftigt, um mir umgehend eine Antwort zu geben. Nach ein paar Minuten Warten werde ich bedient. Sie erinnert mich an jemanden. Nachdem ich mein Reiseziel genannt habe, sagt sie, dass man für Russland ein Visum brauche. Das weiß ich, antworte ich, aber in meinem Fall ist das nicht nötig, ich komme von dort. Die Frau an ihrem Tischchen, mit einer viel zu schweren Brillenfassung, nickt zustimmend, sie höre es an meinem Akzent, sagt dann aber, sie frage sich, ob ich nicht doch ein Visum bräuchte.

Ich werfe ihr einen ärgerlichen Blick zu, das wollte ich nicht von ihr wissen, sondern lediglich, was sehr kurzfristig ein Hin- und Rückflug kostet. Es ist der kurzfristige Termin, der sie dazu veranlasst, noch einmal mit dem Visum anzufangen, es könne ein paar Wochen dauern, bevor man den Stempel im Pass habe, sagt sie und nimmt ihre Brille in die rechte Hand. Ich wiederhole, dass ich diesen Stempel nicht brauchte, worauf sie ärgerlich wieder ihre Brille aufsetzt und auf den Bildschirm äugt. Ob es ein Direktflug sein müsse. Meine Schultern zucken, das ist egal, er muss vor allem billig sein und nicht zu unmöglichen Zeiten; auf dem Hinweg muss ich einen Zug nach Schiphol nehmen, und auch in Sankt Petersburg will ich nicht mitten in der Nacht ankommen, sicher nicht als allein reisende Frau. Die Frau an ihrem Tischchen –

erinnert sie mich an eine Grundschullehrerin? – zählt eine Reihe von Flügen auf, über Deutschland und Österreich.

Ob ich lieber über Deutschland oder lieber über Österreich fliegen wolle, fragt sie. Allmählich reißt mir der Geduldsfaden, ich schaffe es nicht, noch länger mit dieser hirnlosen Person zu reden, hatte ich nicht schon gesagt, dass mir das egal ist? Meine Güte, woran liegt es wohl, dass es demnächst keine Reisebüros mehr gibt? Ich suche mir im Internet einen Flug, dann wirst du schon sehen, dass ich morgen bei meinem Vater bin, dass ich morgen meine Mutter in die Arme schließen kann, sogar noch, bevor du dich zum Abendessen setzt. Bevor sie ihren ersten Löffel Suppe kostet – wenn sie allein ist, besteht ihr Abendessen aus einem Teller Suppe. Daran hat sich sicherlich nichts geändert. Mir fliegen verschiedene Tarife um die Ohren; ich denke an meine Mutter an ihrem kleinen Küchentisch, ich sehe sie auf ihrem Holzstuhl sitzen, steif und in Gedanken versunken, die niemand kennt, mit den Händen auf dem geblümten Tischtuch, und dann denke ich an Aleksandr mit seinem schönen Körper und den vollen Lippen. Ich danke der Dame mit der schweren Brille an ihrem Bildschirm und verlasse das Reisebüro.

Heute holt Bas Reuben von der Schule ab, morgen bin ich wieder dran. Wie soll er das schaffen, wenn ich zu meinem Vater fahre, kann er noch mehr Stunden freinehmen?

Und dann weiß ich es plötzlich, während meine Füße auf dem Weg zur nächsten Besichtigung in die Pedale treten, die Direktorin von Reubens Schule, bei der wir vor einigen Monaten einen Gesprächstermin hatten. Nicht, dass sie eine solche Brille getragen hätte, aber ihr Gesicht war ähnlich, genauso hager, dieser Mund, die strenge Frisur. Vielleicht musste ich deshalb gleich an eine Lehrerin denken? Die erste Frage der Rektorin war, ich werde es nie vergessen, wie wir es entdeckt hätten. Ob es Untersuchungen gegeben habe. Was für eine idiotische Frage. Als ob eine Mutter Untersuchungen brauchte, um es zu entdecken. Als ob eine Mutter nicht merken würde, wenn mit ihrem Kind etwas nicht in Ordnung ist. Diese Frau wollte tatsächlich eine Antwort, ich erinnere mich, wie steif sie uns gegenüber sitzen blieb, abwartend, mit einem Stift im Anschlag, alles musste sofort festgehalten werden.

Bas begann zu erzählen, von den ersten Tests. Scheinbar uninteressiert schaute ich in die entgegengesetzte Richtung, die Beine übereinandergelegt, mein rechter Fuß schaukelte hin und her, ich hatte keine Lust, noch einmal hören zu müssen, wie schwierig die ersten Tests gewesen waren, weil er noch so klein war und nicht sagen konnte, ob er etwas hörte oder nicht. Doch sobald ein Audiogramm gemacht werden konnte, war alles klar. Für mich war schon von Anfang an alles klar, hätte ich gern hinzugefügt, während ich vernünftigerweise den Mund hielt. Mein Fußgelenk drehte sich unablässig im Kreis. Bas erzählte von dieser speziellen Untersuchung, bei der das Kind nicht aktiv beteiligt sein muss, diese Untersuchung scheint heute zu den Routinetests nach der Geburt zu gehören. Die Dame notierte Verschiedenes und fragte dann, ob auch der Grad der Taubheit festgestellt worden sei. Bas sagte, dass die Aktivität der Haarzellen ebenfalls gemessen worden sei, sogar die Reaktion der Gehirnaktivität auf Geräusche. Sie hörte nicht auf, alles mitzuschreiben. Man konnte den Grad nicht mit Sicherheit diagnostizieren, das Ganze hatte uns also nichts gebracht. Sie zog die Brauen hoch. Bas sagte, es könne sich um eine erbliche Form von Taubheit handeln, aber in keiner unserer beiden Familien sei so etwas vorgekommen. Auch dies wurde notiert. Ob es denn sicher kein Geburtsschaden sei, fragte sie noch, und das machte mich wütend; bei der Geburt war nichts schiefgegangen, die musste sie nicht ungefragt mit hineinziehen.

Ich verschränkte die Arme und versuchte ein freundliches Lächeln. Schließlich musste Reuben hier zur Schule gehen, und ich sollte es mir mit dieser Dame mit dem Stift besser nicht verderben. Auch die Sprachfunktion wurde angesprochen, Bas betonte, wie wichtig wir das fänden. Sie nickte und notierte es. Man werde seiner Sprechfähigkeit viel Aufmerksamkeit widmen. Wie das denn in der Praxis vor sich gehe, hatte Bas gefragt, wie sie dabei vorgingen. Sie sagte, dass die Schule nicht umsonst einen so guten Ruf habe. Dem stimmte Bas zu, und ich lächelte wieder. Ob man sich denn schon zu Hause darum gekümmert habe, fragte sie noch, und ich beschloss, ihr diese Frage zu beantworten, schließlich war ich nicht das fünfte Rad am Wagen, das mit dem fünften Rad am Wagen hatte mir Bas einmal beigebracht. Zuerst meinte ich noch, dass es das wirklich gäbe. Natürlich, sagte ich, aber es ist schwierig, er weiß nicht, wie etwas klingt, und auch nicht, wie es klingen sollte. Man sieht kaum einen Fortschritt, deshalb frage ich mich, wie Sie das in der Schule machen, sagte ich schließlich mit einem Gesichtsausdruck, der Bewunderung ausdrücken sollte.

Ich weiß noch, wie ich beim Verlassen der Schule nach Bas' Hand griff. Er drückte sie gleich, kräftig. Zufrieden blickte er auf das Gespräch zurück, ihm schien es die richtige Schule für unseren Reuben, und er war davon überzeugt, dass unser Kind hier eine Menge lernen würde. Diese Schule ist dafür bekannt, dass Kinder sogar nach einer gewissen Zeit auf eine normale Schule überwechseln können, natürlich nicht jedes Kind, aber es gibt Fälle, die das gut bewältigen, die Dame mit dem Stift war darauf herumgeritten, als wüssten wir noch nicht, dass es sich nicht um eine «x-beliebige»

Schule handelte. Wir hatten beide genickt, glücklich bei dem Gedanken, dass sie Reuben aufnehmen würden, und es war eine Mischung aus diesem Glücksgefühl und einem stets wiederkehrenden beklemmenden Schmerz, der mich überkam. Dieses widerstreitende Gefühl war nur zu ertragen mit meiner Hand in der von Bas, während wir zum Bus zurückgingen, der uns zum Bahnhof bringen sollte. Glaubte er etwa, dass Reuben das wirklich schaffen könnte, irgendwann einmal, eine normale Schule, fragte ich. Bas war davon überzeugt. Das Wichtigste bleibt, dass er sprechen lernt, wiederholte er zum x-ten Male, Wissen kann er sich, auch ohne zu hören, prima aneignen. Weißt du, sagte ich zu Bas, die Bushaltestelle schon in Sichtweite, als wir neulich zum ersten Mal beim Zahnarzt waren, sagte Reuben hinterher, dass er später auch Zahnarzt werden wolle. Bas lachte. Aber das geht doch, sagte ich, wer weiß, vielleicht geht es doch! Die Hoffnung, die dieser Gedanke auslöste, munterte mich auf. Still gingen wir weiter, und erst als wir einen Sprint einlegen mussten, weil unser Bus plötzlich angefahren kam, ließen wir unsere Hände los.

Zum x-ten Mal gibt es Probleme mit dem Schlüssel, abhandengekommen, verlorengegangen, wie man es auch nennen mag; ich stehe jedenfalls vor dem Schlüsselbrett, und am Haken der betreffenden Adresse hängt nichts. «Garten 6 II» steht da, mitten im Jordaan-Viertel, aber der Schlüssel fehlt. Für den Fall, dass sich ein Kollege in der Eile geirrt hat, überprüfe ich, ob vielleicht auf einer anderen Adresse ein Schlüssel doppelt hängt, an einem Haken ist das der Fall, aber es ist der Reserveschlüssel für dasselbe Objekt, also nein, der Schlüssel hängt nicht am Brett. Verdammt. In einer halben Stunde muss ich da sein, wartet wieder ein Kunde auf mich. Auf dem Weg zu Rutgers Sekretärin suche ich noch kurz den Boden ab, man weiß ja nie. Sie schüttelt den Kopf, keine Ahnung, wo er sein könnte. Ja, das verstehe ich, aber kannst du vielleicht mal nachsehen, wer als Letzter eine Besichtigung gemacht hat, dann kann ich fragen, ob er den Schlüssel noch in seiner Jackentasche hat. Mit einem tiefen Seufzer, der ihr Desinteresse ausdrückt, holt sie den Besichtigungsplan heraus. Alex war letzte Woche dort, nicht wegen einer Besichtigung, sondern wegen einer Verwaltungsangelegenheit, das Badezimmer muss umgebaut werden, liest sie in einer Notiz.

Wie selbstverständlich heben sich meine Mundwinkel, danke für die Auskunft. Während ich mich umdrehe, ziehe ich den Rock ein bisschen nach unten, irgendwie habe ich immer das Gefühl, dass er zu hoch sitzt oder zu kurz ist. Meine rechte Hand schüttelt noch kurz meine Haare locker und zupft den langen, fransigen Pony in Form, dann klopfe ich an seine Tür. Neben Rutger ist er der Einzige mit eigenem Zimmer, einem abgetrennten Arbeitsplatz. Manchmal steht seine Tür offen, meist aber nicht, wie jetzt. Er ruft mich herein, beim Hereinkommen sehe ich, dass er telefoniert, also muss ich mich in Geduld üben. Ärgerlich schaue ich auf meine Uhr, es ist ein ziemliches Stück mit dem Rad, in zwanzig Minuten will ich da sein, noch kurz die Wohnung checken, bevor der Kunde kommt, umso mehr, weil ich von der Sekretärin gehört habe, dass etwas mit dem Badezimmer nicht in Ordnung ist; davon wusste ich nichts, ich muss doch wenigstens die nötigen Informationen haben, um sie an den Kunden weitergeben zu können.

Aleksandr bedeutet mir, ich solle mich kurz setzen, es werde wohl noch dauern, worauf ich auf meine Uhr tippe und die Augen aufreiße, er muss begreifen, dass ich nicht stundenlang Zeit habe. Seine aufmerksame Reaktion überrascht mich, er sagt seinem Gesprächspartner, dass er kurz unterbrechen müsse, dass er später zurückrufen werde. Ich schlucke meine Überraschung hinunter und bleibe vor seinem Schreibtisch stehen. Nachdem er aufgelegt hat, fragt er, was denn so dringend sei. Ich muss in einer Viertelstunde in der Tuinstraat sein. Na dann viel Erfolg, meine Schöne. Es ist das dritte Mal, dass er «meine Schöne» zu mir sagt, aber zum ersten Mal auf Niederländisch, mir schießt das Blut in die Wangen. Zufällig vorbeikommende Kollegen könnten es aufschnappen. Ich versuche das flaue Gefühl zu überspielen und frage ihn ernst, ob er vielleicht wisse, wo der Schlüssel sei.

Der sollte am Brett hängen, bekomme ich zur Antwort.

Ich schüttle den Kopf, denkt er denn wirklich, dass ich nicht am Brett nachgesehen habe? Ich habe gehört, dass du kürzlich noch dort warst, hast du vielleicht den Schlüssel hier irgendwo herumliegen?

Er steht auf, schließt die Zimmertür und geht dann ganz knapp hinter mir vorbei zu seiner Jacke – sein Zimmer ist groß genug, er muss mir nicht so übertrieben nah auf den Leib rücken –, aus der er, ohne auch nur eine Sekunde suchen zu müssen, zwei Schlüssel fischt. Entschuldige, sagt er, und drückt sie mir in die Hand. Er bleibt direkt neben mir stehen. Prompt verschlägt es mir den Atem, aber ich versuche, einen kühlen Kopf zu bewahren, und frage, was denn aus Verwaltersicht mit der Wohnung los sei, damit ich weiß, was ich dem Mann anbiete, der inzwischen vermutlich schon vor der Tür steht. Aleksandrs Duft macht süchtig, es ist mir schon einmal aufgefallen, aber jetzt kann ich es überhaupt nicht mehr ausblenden, es wäre seltsam, wenn ich zurückweichen würde, eigentlich unmöglich, denn der Schreibtisch steht im Weg. Und dann beginnt er gelassen zu berichten, während er sich mit den Fingern durch seine etwas zu langen Haare fährt, das Badezimmer sei in einem schlechten Zustand, die Fliesen sähen aus wie bei seinen Großeltern in Minsk. Er lächelt mir vertraulich zu. Meine Augen beginnen zu strahlen, nicht, dass ich je in Minsk gewesen wäre, sondern weil er durchscheinen lässt, dass wir uns verstehen. Ich habe also mit Rutger ausgemacht, dass dort dringend renoviert werden muss, berichtet er. Und bis wann?, frage ich.

Auf jeden Fall innerhalb der nächsten Wochen; wenn dein heutiger Kunde also einziehen möchte, sag ihm, dass in drei, vier Wochen ein Bauunternehmer wegen des Badezimmers kommt; er wird zwei Tage zu tun haben.

Dann sollte ich den Einzugstermin doch besser verschieben?

Er seufzt. Das überlasse ich dir, meine Schöne.

Ich spüre eine Röte aufsteigen, ich fühle mich einen Moment lang völlig hilflos, am liebsten würde ich ihn auf die vollen Lippen küssen. Ob er etwa nicht wisse, dass ich Lunia heiße, stichle ich, was für ihn offenbar eine Aufforderung zum Singen ist. Ich muss zugeben, dass er singen kann, aber dieses russische Lied mit meinem Namen klingt einfach grauenhaft. Ich muss schrecklich lachen und schiebe ihn der Form halber ein Stückchen von mir weg. Lunia, Lunia, wiederholt er singend. Ich sage, ich muss los. Na dann beeil dich doch, spöttelt er, worauf er mit wohlgesetzten Worten weitersingt, es läuft darauf hinaus, dass Lunia schön lächeln kann.

Bevor ich seine Zimmertür wieder öffne, bittet er mich, noch einen Moment zu warten.

Was ist?

Nicht alles glauben, was die dumme Schachtel sagt. Er nickt Richtung Flur, wo die Sekretärin sitzt. Na hör mal, antworte ich enttäuscht, ich habe nichts gegen sie.

Er auch nicht, darum gehe es nicht, aber sie sei so eine Pute, die nur hier sitze, damit sie sich gleich wieder die hipste Tasche kaufen könne oder die neuesten Schuhe. Punkt halb sechs schalte sie ihren Computer aus und nehme kein Telefonat mehr an. Geduldig höre ich der restlichen Aufzählung zu, obwohl ich mich eigentlich in den Jordaan sputen müsste. Es ist nicht wie bei dir, schließt er, du arbeitest für etwas anderes. Ich lächle gern noch einmal, habe aber nicht vor, darauf einzugehen. Dass ich wirklich losmüsse, wiederhole ich, und er nickt verständnisvoll, fragt nicht nach, als ob er wüsste, dass ich noch einmal mit ihm reden würde, dass ich irgendwann einmal reden würde.

Mit großem Trara reißt er die Tür auf, wünscht mir Erfolg im Jordaan und pfeift seine selbst erfundene russische Melodie.

Der Mietinteressent krittelt herum, nicht nur wegen des Badezimmers, obwohl ich ihn bereits darüber informiert habe, dass es noch renoviert wird, sondern auch, dass die Wohnung zu wenig Licht bekäme. Scheinbar unabsichtlich drückt er mit einer Körperseite auf einen Lichtschalter, um zu demonstrieren, dass man hier sogar am helllichten Tag elektrisches Licht braucht. Ich ignoriere das und gehe im Hinblick auf die Preisverhandlungen nicht darauf ein. Das denke ich jedenfalls. Erst als mein Telefon klingelt, wird er richtig wütend. Es gehört sich wirklich nicht, aber jetzt muss es für einen Moment sein. Ich entschuldige mich. Normalerweise nehme ich während einer Besichtigung kein Gespräch an, außer natürlich Anrufe, die mit der Arbeit zusammenhängen, und selbstverständlich wenn ich die Nummer der Schule sehe, dann lasse ich auf der Stelle alles stehen und liegen. Bas ruft wegen eines preiswerten Tickets an, er hat das Angebot eben erst entdeckt. Er sagt, dass er umgehend reagieren müsse; wenn ich einverstanden sei, könne er gleich buchen, damit ich morgen reisen könne. Morgen?

Morgen, ein Last-Minute-Tarif. Wird das für dich nicht zu knapp? So schnell ganz allein alles mit Reuben organisieren zu müssen?

Er sagt, darüber solle ich mir keine Gedanken machen, das gehe in Ordnung, ich müsse vor allem kurz mit Rutger reden und ihm mitteilen, dass ich gleich morgen nach Sankt Petersburg fahren wolle. Bas gibt mir die Flugzeiten durch, und sie scheinen mir gut. Ob ich es nicht kurz mit meiner Mutter besprechen müsse.

Ich wüsste nicht, warum.

Verärgert steht der Kunde vor mir, ich sage Bas, dass ich einverstanden sei, aber dass man jetzt hier auf mich warte. Ich kann ihm nicht einmal für seine Mühe danken.

Der Kunde fragt, ob ich bei einer Führung immer telefoniere, und bei dem Wort fällt mir sofort unser großes Museum ein, wo ich als Kind jede Woche an einer Führung teilnahm. Ich verneine und sehe einen guten Freund meiner Mutter vor mir. Er war im Vorstand der Eremitage und gab ein Jahr lang jede Woche Führungen für eine Kindergruppe, vor allem von Offizierskindern. Selbst nach diesem Jahr hatten wir nur einen Bruchteil der Sammlungen kennengelernt.

Ich sehe Bas und mich wieder plaudernd im Bett liegen: Ich erzählte ihm zum ersten Mal von diesen Ausflügen, wie lange sie jedes Mal dauerten, als ob sie nie aufhörten. Woran ich mich noch erinnerte, wollte er wissen. Schließlich war ich damals erst fünf, sechs Jahre alt. Dass ich immer Angst hatte, mich zu verlaufen, antwortete ich. Ach Liebste, sagte Bas und drückte mich fest an sich. Anscheinend bewahren sie dort genauso viele Objekte auf, wie sie bolschewistische Leichen unter der Erde haben.

Wie bitte?

Augenblicklich saß ich aufrecht im Bett.

Im Ernst, sagte er, es sind doch Millionen von Menschen gestorben, allein schon um die Stadt zu erbauen und sie später zu verteidigen, das lerne man natürlich nicht in der Schule.

Nein, nicht so, antwortete ich. Unangenehm berührt ließ ich den Kopf wieder auf seine Brust sinken. Ich mochte solche Wahrheiten nicht. Ich dachte an meine Mutter, die auch immer sagte, dass wir mit Scheuklappen in unserem Denken erzogen würden.

Da kannst du gar nichts machen, mein Liebchen, dort werden die Kinder mit einem Gespinst aus lauter Lügen großgezogen. Bas' Finger streichelten durch mein Haar. Unsere Gesichter waren voneinander abgewandt. Ich ziehe das Gespinst vor, sagte ich. Darin fühlt es sich zumindest wärmer an als dort, wo die Spinnen hausen.

Nein, nicht bei jeder Führung, auch nicht bei jeder Besichtigung, genauer gesagt, ich telefoniere nie, ich kann telefonieren nicht ausstehen, aber das hier musste kurz geregelt werden, tut mir wirklich leid. Nach einem ärgerlichen Stöhnen fragt der Kunde, ob ich ihm vielleicht noch etwas zeigen möchte. Es gibt hier nicht so viel zu sehen, denke ich, knipse ein Lächeln an und gehe ihm voraus, zum einzigen Schlafraum der Wohnung. Das hier ist das Schlafzimmer, verkünde ich, und er sagt, er habe Augen im Kopf. Er wirft noch einen kurzen Blick hinein und meint dann, die Wohnung sei nichts für ihn, trotz der guten Lage, er möchte unbedingt mitten im Jordaan wohnen. Ich biete ihm an, die Augen für ihn offen zu halten. Er nickt und schüttelt mir viel zu früh die Hand, ich will ihn noch hinausbegleiten, aber er hat sich schon umgedreht und verlässt das innere Treppenhaus.

Eigentlich kann es mir egal sein, ich möchte die Sache hier schnell abhaken und meinen Tag beenden, meine Sachen packen und losfahren. Ich will sehen, was passiert ist, ob es wirklich so ernst ist, wie meine Mutter sagt, oder ob es ein heimlicher Trick ist, mich endlich wieder einmal nach Sankt Petersburg zu locken. Nein, das darf ich nicht denken, das ist gemein. Ich schließe die Wohnung ab und gehe nach unten. Den Schlüssel werde ich gleich wieder ordentlich ans Brett hängen. Mir fällt ein, dass ich nicht vergessen darf, noch Geld zu wechseln, sonst stehe ich morgen auf diesem chaotischen Flughafen und kann kein Taxi nehmen. Die Stadtbusse brauchen viel zu lange. Wenn ich nur den Anschlussflug schaffe, Bas sprach von einer Dreiviertelstunde zum Umsteigen in Frankfurt. Ich springe auf mein Rad und spüre den kalten Sattel an meinen Pobacken. Obwohl sich die Sonne heute sehr viel Mühe gegeben hat, gelingt es mir nicht, diese Wärme zu speichern, sie auch nur partiell in meinem Körper nachglühen zu lassen.

Ich muss den Halb-drei-Uhr-Zug schaffen, aber es gibt immer Verspätungen, sobald hier ein bisschen Wind weht, reden sie schon gleich von Sturm, und der Verkehr bricht zusammen. Zuerst muss ich noch bei Rutger vorbei, um offiziell Urlaub zu beantragen. Ich werde vier Tage weg sein, davon drei Arbeitstage. Er wird bestimmt nicht querschießen, ich nehme selten frei, und abgesehen von den Fahrtzeiten wegen Reubens neuer Schule habe ich noch nie um Änderungen der Arbeitszeit gebeten, aber trotzdem. In Urlaub gehe ich nur selten.

Das ist kein Urlaub.

Wenn Aleksandr noch im Büro und nicht gerade im Außendienst ist, muss ich mich von ihm verabschieden und sagen, dass ich ein paar Tage weg bin. Mir fällt es immer schwerer, normal mit ihm zu sprechen, ich komme schlecht damit zurecht, selten habe ich mich so unmittelbar und irrational von jemandem angezogen gefühlt. Vielleicht sollte ich ihm einmal ein bisschen mehr von mir erzählen, er stellt viele Fragen, auf die ich so gut wie nie eingehe, Fragen nach meinen Eltern, nach Sankt Petersburg, und warum ich nie wieder hingefahren bin. Warum eigentlich?, hatte er einmal gefragt, mir war so schnell keine Antwort eingefallen, ich schob es auf die Stadt, darauf, dass doch bekannt sei, dass man bei der Rückkehr nur die Bilder verliere, die einem gerade lieb und teuer seien. Ob das bei ihm etwa nicht der Fall sei, fragte ich. Aber für ihn spielte das gar keine Rolle, als Sohn eines führenden Oppositionellen bleibt einem keine Wahl, man kann nicht zurück. Und er war noch ein Kind, als seine Eltern Weißrussland verließen, deshalb hat er kaum Erinnerungen.

Wann denn mein Flug gehe, will Rutger wissen und fragt dann, ob ich an dem Morgen nicht doch noch zur Arbeit kommen könne, weil ausgerechnet dann ein Termin mit unseren Freunden vom Wohnungsamt angesetzt sei, den möchte er lieber nicht verschieben. Ich frage, ob nicht vielleicht jemand anders meinen Termin übernehmen könne, es sei so stressig, am Morgen vor dem Flug noch arbeiten zu müssen. Aber er schaut mich bittend an, da kann ich einfach nicht Nein sagen, ja, ich werde den Herren Rede und Antwort stehen. Er gibt mir die Adresse, und ich ärgere mich, dass es auch noch so weit weg ist, am Hauptbahnhof, das passt mir ganz und gar nicht, ein elend langes Stück mit dem Rad gegen den Wind, und es ist kein Trost, dass das hiesige Klima verglichen mit dem, was ich früher gewohnt war, mild ist. Jetzt kann ich sogar sagen: verglichen mit dem, wo ich morgen wieder sein werde. Zu Hause müssen es die Wochen des gleißenden Schnees sein – ich kann es kaum erwarten.

Dass ich danach aber nicht mehr ins Büro zurückkäme, sage ich; dafür hat er größtes Verständnis, fragt aber doch noch nach, ob denn ein Reserveschlüssel am Brett hänge, damit sie in den nächsten Tagen wenigstens in die Wohnung kämen. Er wünscht mir viel Erfolg, vor allem Kraft, und hofft, dass ich gute Nachrichten mitbringe. Ich verabschiede mich von der Sekretärin und winke kurz einem Kollegen zu, mit dem ich kaum etwas zu tun habe. Dann verlasse ich das Gebäude. Auf der Eingangstreppe vor dem Haus stehen zwei Raucher im Mantel, ich frage, ob sie mich kurz vorbeiließen. Einer der Makler tritt beiseite, ich danke ihm, und Alex, der, ohne zu rauchen, in seinem engen schwarzen Hemd über der schwarzen Jeans dabeisteht, fragt, wo ich hinginge. Unwillig gebe ich zu verstehen, dass ich es eilig habe, ohne zu sagen, dass ich mein Kind von der Schule abholen muss, ich rufe, dass ich ein paar Tage weg sein werde.

Ein paar Tage?

Als ich nicht darauf eingehe, fragt er nach, wie es denn im Jordaan gegangen sei, worauf ich mit der rechten Hand mein langes Haar übertrieben nach hinten schleudere und vorschlage, doch zuerst einmal das Badezimmer reparieren zu lassen. Möglichst gleichgültig gehe ich weiter, dann höre ich ihn pfeifen. Der andere Makler sagt, er könne mir doch nicht einfach nachpfeifen, aber Aleksandr hört nicht auf ihn.

Ob er ein Stückchen mitkommen dürfe, fragt er in seinem engen schwarzen Hemd über der schwarzen Jeans. Ich habe nichts dagegen, dann schiebe ich mein Rad eben. Ob er denn nicht zum Schreibtisch müsse. Er schüttelt den Kopf und fragt gleich nach dem Grund, weshalb ich fahre.

Ich erzähle von meinem Vater, und dass ich es nicht genau weiß, er aber auf jeden Fall eine Hirnblutung haben soll. Es ist schön, mich in meiner eigenen Sprache unterhalten zu können. Es fühlt sich an, als ob ich einen Moment zu Hause wäre, doch das versuche ich mir nicht anmerken zu lassen.

Warum ist ein Mann aus Weißrussland immer schwarz gekleidet?, frage ich spöttisch. Er muss lachen, zieht die Schultern noch höher und sagt, er sehe doch sowieso nicht wie ein Russe aus. Nein, natürlich nicht, eher wie ein echter Italiener, antworte ich, und daraufhin gibt er mir einen Schubs. Er geht ruhig weiter, während mir der Gedanke kommt, wie es wäre, mich vor ihm auszuziehen.

Als wir um die Ecke gebogen sind, bittet er mich, kurz stehen zu bleiben. Mit der rechten Hand berührt er meine Wange, presst seine Lippen auf meinen Mund. Mit geschlossenen Augen stehe ich auf der Straße wie ein Teenie, mit dem Rad an der Hand, ich weiß nicht, wie lange wir hier stehen, aber ich fürchte, es ist zu lang. Es fühlt sich ganz selbstverständlich an – ich versuche mich wieder zu fassen, und da sagt er etwas Unbegreifliches: Tag und Nacht werde er auf mich warten. Erschreckt stammle ich, dass ich mich beeilen müsse, worauf er noch einmal wiederholt, was so definitiv geklungen hat, Tag und Nacht. Wieder hält er seine Hand an mein Gesicht, eine Berührung, die mich noch mehr verwirrt, ich rieche seine Finger. Ich fühle mich mehr denn je wie ein junges Mädchen, aber ich bin inzwischen über dreißig, verheiratet, Mutter. Während ich auf mein Rad springe, sehne ich mich schon nach seiner Wärme.

Als ich seinen selbst erdachten Refrain höre, sehe ich mich noch einmal um.

II

Der Chauffeur hat aus meiner russischen Beschreibung des Viertels begriffen, dass ich den Weg kenne – er wird bestimmt nicht versuchen, mich übers Ohr zu hauen. Es ist viel mehr Verkehr, sage ich, als er mit seinem Lada auf die Autobahn biegt. Fragend schaut er in den Rückspiegel. Mehr als was? Ich antworte, ich sei lange weg gewesen, aber aus der kurzen Antwort kann er nicht rückschließen, ob ich mich unterhalten möchte oder nicht. Mir ist es egal, meine Augen versuchen zu erkennen, was sich auf der schlecht beleuchteten Autobahn tut. Der Verkehr rast auf die Zarenstadt zu. Oder sind die Autos, ganz im Gegenteil, unterwegs in die Vorstädte? Männer eilen nach Hause, zu ihren Familien, die darauf warten, gemeinsam zu Abend zu essen. Wie konnte ich das mit Alex nur zulassen? Ich werde meine Stelle verlieren, vielleicht sogar meine Familie, Reuben.

Verdammt noch mal.

Ob er das Fenster schließen könne, frage ich, ich kann es auf den Tod nicht ausstehen, wenn mir das Haar vor dem Gesicht herumflattert.

Es dauert eine ganze Weile, aber während er das Fenster hochkurbelt, fragt er freundlich, wo ich wohne. Ich erzähle, dass ich vor Jahren nach Amsterdam gezogen sei. Abermals blickt er fragend in den Rückspiegel, Amsterdam? Sein Gesicht fordert mich auf zu erzählen, dass ich dort mit Mann und Kind lebe. Der Taxifahrer nickt verständnisvoll. Er weiß so in etwa, wo das liegt, dort im Westen. Und, das nur nebenbei, für eine Mutter hätte er mich nicht gehalten. Ich lächle in den Spiegel zurück und erzähle, dass ich auch nicht als solche hier bin, sondern als Tochter. Wieder nickt er. Er findet es außergewöhnlich, dass meine Familie so nah am Zentrum wohnt, er kennt die Gegend. Wer kennt die Gegend nicht?, denke ich, die Barockhäuser des Viertels wurden ursprünglich insbesondere höheren Offizieren zugewiesen. Dass wir oft kein warmes Wasser hatten, war eine Nebensächlichkeit. Jeden Winter froren die Wasserrohre ein, erzähle ich dem Chauffeur, dann mussten wir uns behelfen in unserem Viertel.

Wo nicht?, sagt er. Aber meine Mutter meinte immer, dass wir noch Glück hätten, in den Außenbezirken hätte sie es «schon gar nicht» überlebt, was immer das auch heißen mochte. Dorthin kam ich nur dann und wann, zu einer Freundin zum Spielen, die weit draußen wohnte, und nur an diesen raren Nachmittagen, an denen es meine Mutter einrichten konnte, mich zu bringen und wieder abzuholen. Sie selbst verbrachte die Stunden dann ebenfalls dort, die Zeit reichte nicht zum Hin- und Zurückfahren. Nach dem Spielen nahmen wir beide den Bus zurück, und je näher wir der Innenstadt kamen, desto gesprächiger wurde sie. Ab und zu sagte sie, dass die Schönheit der Stadt ein Geschenk sei.

Das konnte ich nicht verstehen.

Wenn ich wirklich lange weg gewesen sei, würde ich mich ganz bestimmt sehr über unsere Stadt wundern, sagt der Taxifahrer. In den vergangenen Jahren habe es ein paar gewaltige Sanierungsprojekte gegeben, Millionen hätten sie in die Stadt gepumpt. Ich hätte darüber gelesen und davon gehört, antworte ich; trotz meiner unbändigen Neugier möchte ich vor allem bei meinem Vater sein. Man habe jede

Menge Bomschis weggeräumt, ergänzt er ein paar Sekunden später. Bomsch, das Wort habe ich lange nicht mehr gehört. Wurden die Penner «weggeräumt»?

Ja, jetzt ist es schrecklich sauber, ruft er. Der Fahrer scheint immer mehr auf Touren zu kommen. Sauber? Er nickt, nicht mal eine Maus läuft noch durch die Innenstadt. Ich erinnere mich an die wenigen Male im Sommer, an denen wir tatsächlich Mäuse auf den Straßen sahen, aber das war nun wirklich nicht jeden Tag. Hat man das Problem ernsthaft angepackt? Er schüttelt den Kopf. Die Stadt musste schöner werden, wegen der Touristen und der ausländischen Staatsgäste, Sie wissen ja, wie das hier so ist, nichts geht über den schönen Schein, und so ein Großreinemachen bringt das dann automatisch mit sich. Vielleicht haben sie sie ja auch umgesiedelt, überlegt er. Umgesiedelt? Man kann Mäuse doch nicht umsiedeln, wovon spricht er nur?

Der Fahrer lächelt in den Rückspiegel. O ja, alle Mäuse wurden eingesperrt, in einen Bus gesteckt und in den Kreml gebracht. Er erstickt fast vor Lachen. Das haben Sie natürlich nicht mitbekommen, dort in Amsterdam. Er beginnt zu erklären, dass im Kreml Tausende von weißen Mäusen angekommen seien, und zwar auf Bestellung.

Auf Bestellung?

Ich runzle die Stirn in seinen Spiegel.

Keiner weiß, warum oder wofür, aber es ist wirklich wahr, Tausende von Mäusen wurden beim Diensteingang abgeliefert, auf Bestellung. Seiner Stimme entnehme ich, dass er es ernst meint, es wird wohl eine der landesüblichen Märchengeschichten sein, oder ein Insider hat ausgeplaudert, eine Halbwahrheit. Na, sage ich, aber warum holen sie dann alle von hier? Er zuckt mit den Schultern. Und was sollen sie dort mit den Mäusen?

Wenn ich wolle, zähle er mir alle Möglichkeiten auf. Ich nicke.

Vielleicht müssen die Mäuse vorkosten, lautet sein erster Vorschlag. Wenn Gift im Essen ist, stellt sich das rasch heraus. Ach nein, sage ich, das schaffen sie doch nie. Er zieht die Mundwinkel hoch, wer weiß. Ob ich auch noch die Spekulationen seiner Freunde hören möchte. Wir nähern uns der Innenstadt, in etwa fünf Minuten sind wir da. Gibt es eine noch bessere Erklärung?

Es hat etwas mit der Sicherheit zu tun, antwortet er. Mäuse wittern Naturkatastrophen und andere unvorhersehbare Situationen wie Angriffe mit gefährlichen Stoffen, sie reagieren sofort darauf, viel früher als wir. Mit wachsender Verblüffung lausche ich dem Fahrer, der gar nicht aufhören kann. Am Flughafen, beim Verlassen des Taxistands, hat der junge Mann noch einen ruhigen Eindruck gemacht, aber es dauert nicht lange, bis er mir all seine Verschwörungstheorien anvertraut hat. Wenn ich mir überlege, wie typisch das eigentlich ist, muss ich lachen. Ob ich ihn etwa auslache, fragt er. Nein, das würde ich nie wagen, natürlich nicht, aber mir geht auf, wie sehr mir das gefehlt hat, wie wir Sowjetbürger uns schwelgerisch Komplotte gegen das Volk ausmalen.

Das gibt es erst seit meiner Generation, dieses laute Nachdenken, behauptet er. Die Generation unserer Eltern hätte das nie gewagt, mit denen fängt er solche Gespräche erst gar nicht an. Ich sehe aus dem Fenster. Obwohl sich die meisten Sowjetwohnungen noch immer gleichen wie ein Ei dem anderen, erkenne ich die Straße, die wir passieren.

Direkt vor uns fährt ein Auto ohne Kennzeichen. Wie ist denn so etwas möglich, frage ich. Meine Frage verrät ihm, dass ich wirklich lange weg gewesen bin. Gewisse mächtige Gruppen unterscheiden sich auf diese Weise, es könnte eine

Art Erkennungszeichen sein. Ich verstehe nur Bahnhof. Ist das denn nicht verboten? Er wiederholt, ich sei wohl wirklich lange weg gewesen. Ich nicke und sehe, dass wir an der Bushaltestelle vorbeikommen, an der ich früher immer mit Mama wartete. Wenn sie eine Verabredung mit ihrem Freund Andrej hatte, nahm sie mich gelegentlich mit.

Noch zweimal links, und wir sind da.

Sie wartet unter dem Vordach. Sie trägt ihren langen, grauen Mantel. Das Haar hat sie wie immer straff in einem Knoten hochgesteckt. Während wir schnell abrechnen, wünscht mir der Fahrer einen angenehmen Aufenthalt. Beim Aussteigen werfe ich mir meine große Reisetasche über die Schulter und haste zum Hauseingang. Sie nimmt mich in die Arme. Willkommen zu Hause, mein Kind. Ich drücke meine Mamička an mich. Wir küssen uns auf die Wange, komm, sagt sie, es ist viel zu kalt, und deine Jacke ist zu dünn. Erst jetzt spüre ich, dass der Wind tatsächlich durch meine Jacke pfeift. Prompte Kritik, ich habe die falsche Jacke mitgenommen. Sie hat schon recht. Hier ist noch lange nicht Frühling.

Im Hausflur schaltet sie das Licht ein, und mir fällt auf, wie erschöpft sie aussieht. Ihre Augen sind kleiner als sonst, vom Kummer gezeichnet, oder kommt es von der Beleuchtung?

Sie geht mir im Treppenhaus voran, ihr Schritt klingt schwerer als früher. Sie fragt, wie der Flug gewesen sei, wie lange das Taxi gebraucht habe. Dass alles prima geklappt habe, antworte ich, keinerlei Probleme, keine Verspätungen, nichts. Und ich hätte gleich ein Taxi bekommen. Außerdem habe der Fahrer auch noch ein paar Jahre Kremlkunde absolviert, also, die Fahrt sei interessant gewesen. Ich kann ihr Gesicht nicht sehen, höre aber, dass es sie zum Lachen bringt. Heute denke jeder, er habe von allem Ahnung, und das müsse er auch noch laut verkünden. Auf diese Bemerkung gehe ich nicht richtig ein, vor allem, weil mir meine Reisetasche ständig von der Schulter rutscht.

Im Korridor auf unserer Etage zieht sie ihren Schlüssel aus der Manteltasche. Ich erschrecke über ihre Finger, sie sind ganz verkrümmt. Ihre Hände nehmen das Alter vorweg. Ich werfe einen Blick auf die Wohnungstür gegenüber unserer eigenen und fühle das Auge, das früher immer hinter dem Guckloch wartete.

Ob sie denn noch immer Tag für Tag durch das Loch lauere, frage ich. Meine Mutter schüttelt den Kopf. Die Nachbarin sei bereits verstorben. Das erschreckt mich. Nicht, dass sie tot ist, sondern weil ich es nicht erwartet hätte. Sie fragt, ob ich es schlimm fände.

Ich glaube nicht. Bis zu diesem Moment habe ich nie mehr an diese Frau gedacht, eigentlich kann sie mir inzwischen egal sein. Aber jetzt, wo ich an sie denke, sehe ich sie wieder vor mir, ihre ungekämmten Haare und das hässliche Gesicht. All die Jahre sind wir uns begegnet, tagein, tagaus, und wir grüßten uns höflich, wie man es uns beigebracht hatte. Höflich grüßen, selbst Lew machte das tadellos, denn man stelle sich vor, ja, man musste sich schon benehmen, wir waren die Kinder von, und die Kinder des Wohnungsnachbarn waren wichtig, eben weil sie die Kinder dieses Mannes waren, deshalb wurden wir auch immer höflich gegrüßt, tagein, tagaus, und wenn Vater dabei war, bekam er sogar eine Art Verbeugung oder ein Nicken, ich weiß nicht mehr genau, was es eigentlich war, aber es war völlig anders als der Gruß für uns, und wenn wir fragten, warum, antwortete er stolz, das habe mit dem Militär zu tun. Als ob unsere Nachbarin etwas mit dem Militär zu tun hätte. Ob ich es denn schlimm fände, wiederholt meine Mutter – ich kann mich nicht darüber aufregen und frage, wer denn heute dort wohne. Sie zuckt mit den Schultern, irgendein junger Mann, so geht das, wir sterben, und junge Leute ziehen in unsere

Wohnungen. Ja, so geht das, sage ich, und dann steckt sie den Schlüssel ins Schloss, und ich bin endlich zu Hause.

Ob dieser junge Mann womöglich der Sohn der Nachbarin sei, ich erinnere mich, dass sie einen Sohn hatte. Nein, antwortet meine Mutter, der Sohn hat Schweißer gelernt und ist bald nach Sibirien gegangen.

Jetzt, wo sie es sagt, erinnere ich mich vage, dass er eigentlich viel älter war als wir. Und was hat er dort gemacht? Er hat an den Pipelines gearbeitet. Unser Kombinat hat die längste Erdgasleitung der ganzen Welt.

Das weiß ich, Mamička. Mehr als hundertfünfzigtausend Kilometer Erdgaspipelines, das gesamte Netz alles in allem scheint größer zu sein als vierhunderttausend Kilometer.

Vierhunderttausend, Lunia, so viele Gasröhren muss man erst einmal verlegen, dafür brauchen sie unsere Söhne. Wenn sie schweißen lernen, können sie dort Arbeit finden. Gott sei Dank haben sie Lew in Ruhe gelassen.

Ja, Mama, sage ich und hoffe, dass sie jetzt nicht ihre Tiraden gegen das größte Gasunternehmen der Welt fortsetzt, sonst hätte ich noch einiges zu erwarten. Warum musste ich auch so unbedingt nach dem Sohn der toten Nachbarin fragen, dem vielleicht inzwischen toten Sohn der toten Nachbarin, warum nur musste ich meine Nase hineinstecken? In diesem Land muss man seine Nase in nichts stecken, hat sie mir immer gepredigt. Ich ziehe meine Handschuhe aus und spüre, wie kalt meine Finger sind. Hände waschen.

Ob es immer so kalt sei, frage ich, und sie antwortet, es ist besser als erwartet, dieses Jahr hatten wir damit nur wenig Probleme. Die Newa fließt wieder, und die Brücken liegen schon lange nicht mehr eingefroren und still. Längere Zeit hatten wir nur Grieselschnee, also nichts zu klagen. Aber seit ein paar Wochen haben wir auch das hinter uns. Sie schwatzt noch ein bisschen weiter über den Grieselschnee und wirft einen Blick auf meine Stiefel. Wetter hin, Wetter her, wir müssen unsere Schuhe abtreten und ausziehen, sie will keine Flecken auf dem Teppich, geschweige denn Schmutz, Dreck von draußen, von der Straße, wie sie das nennt, der hat dort zu bleiben. Trag bloß die Straße nicht mit ins Haus, rief sie früher, selbst zu Besuch. Mit zweimal Abtreten fege ich mir die Sohlen sauber. Leise sagt sie, dass sie es schön finde, dass ich da sei. Als ob uns einer hier hören könnte, als ob Papa unsere Wände nie hätte dämmen lassen.

Während ich mir die Hände wasche, zunächst die Fingerspitzen und anschließend die ganze Hand, macht meine Mutter Tee. Die Seife will nicht schäumen. Auch nicht beim zweiten Versuch.

Die Gläser warten schon auf uns. Wahrscheinlich steht alles seit Stunden bereit. Als wir endlich sitzen, fragt sie, wie es nur komme, dass ich so bekümmert aussähe. Ich bin müde, Mama, das ist alles.

Ob es meiner Familie denn auch gut gehe, dort im Westen.

Ich werfe ihr einen fragenden Blick zu.

Ob ich glücklich sei.

Ich bin versucht zu sagen, dass es immer darauf ankomme, wie einem als Kind das Glück serviert worden sei, aber ich bin nicht zum Streiten nach Sankt Petersburg gekommen. Ich kann mich kaum erinnern, sie fröhlich erlebt zu haben. Schweigsam, das schon. Und in sich gekehrt. Ich erzähle, dass es dafür in Holland einen schönen Ausdruck gibt: Der Apfel fällt nicht weit vom Stamm, sagt man dort. Sie kann mir nicht folgen.

Wie es mit meiner Arbeit gehe, mit diesem Wohnungskram, für den ich völlig überqualifiziert sei, ob es mir wirklich nicht gelinge, eine Stelle als Biologin zu finden, hakt sie nach. Dieses Thema haben wir schon mehrfach am Telefon durchgekaut, und ich habe ihr schon mehrfach erklärt, dass es im Grunde keine andere Möglichkeit gibt, als zu unterrichten, die meisten Schulen allerdings mit meinem Akzent Probleme haben. Dass mir also kaum eine Wahl bleibt und ich froh sein muss über die Stelle im Wohnungssektor. «Faul kriegt wenig ins Maul», das hast du mir schließlich beigebracht. Sie nickt zufrieden und sagt dann, ich hätte besser hierbleiben sollen, wie sie es auch schon so oft am Telefon gesagt hat, hier bekäme ich an jeder Schule im Handumdrehen eine Stelle. Ob wir vielleicht das Thema wechseln könnten, bitte ich sie jetzt mit Nachdruck, das bringt doch nichts, und nein, mit mir und Bas ist alles in Ordnung, darüber muss sie sich keine Sorgen machen. Zumindest keine, die ich mit ihr besprechen wollte. Worüber sie sich denn wohl Sorgen machen müsse, fragt sie mit leiser Stimme, die, obwohl kaum hörbar, trotzdem nötigend klingt, und ich frage mich, ob es etwas Quälenderes gibt als eine Mutter, die intuitiv den Kummer ihres Kindes fühlt.

Über Papas Zustand, antworte ich, das scheint mir ziemlich naheliegend. Sie wirft mir einen enttäuschten Blick zu, nicht böse, im Gegenteil, sie ist klug genug, in diesem Augenblick nicht darauf einzugehen, sie wird sicherlich einen anderen Zeitpunkt nutzen – Ja natürlich, Papa, du kannst dir nicht vorstellen, wie er jetzt spricht, er ist verwirrt, weiß keine Namen, irrt sich dreimal pro Satz. Und die rechte Hand kann er nicht benutzen, du kannst dir nicht vorstellen, wie sie ihm am Arm hängt, wie gelähmt. Mit einem Mal ist sie gesprächig, am Telefon fällt ihr ein Gespräch viel schwerer. Ich frage nach den Ärzten, was sie sagen, worauf sie vorschlägt, dass ich morgen früh selbst mit ihnen spreche. Sie hat den Eindruck, dass die Ärzte im Dunkeln tappen, aber das mag an ihr liegen, vielleicht ist sie zu nervös, wenn sie mit ihnen spricht, vielleicht hört sie nicht richtig zu, das könnte schon sein. Vadim geht es nicht gut, wiederholt sie, er ist nicht mehr der, der er war, und ich fürchte, dass er es auch nie mehr werden kann.

Warte doch erst mal ab, Mama, sage ich, als wir uns aufgewühlt im Esszimmer gegenüberstehen, wo wie eh und je zu wenig Licht brennt, nicht etwa, weil einige Lampen nicht funktionieren, sondern einfach, weil es nicht genug Lampen gibt. Ich sehe meine Reisetasche auf dem Fußboden am Sofa lehnen, ein bisschen unordentlich, ich sollte sie aufräumen. Es fällt mir jetzt auf, weil ich weiß, dass es sie stört. Als ich frage, wo ich meine Tasche hinstellen soll, huscht über ihre Mundwinkel ein kleines Lächeln. Sie hat mir «mein» Bett gemacht, deshalb scheint es ihr das Einfachste, die Tasche in mein Zimmer zu stellen. Ich werfe mir die Tasche über die Schulter und gehe eilig in mein Zimmer.

In der Diele komme ich an ein paar Kinderfotos von Lew und mir vorbei, ich bleibe einen Moment stehen. Da erst fällt mir auf, dass mir meine Mutter gefolgt ist und wir beide in dem schmalen Gang stehen, zu dem sich alle Türen öffnen. Stand hier im Flur nicht immer eine große, leere Vase?

Lew versucht, noch diese Woche aus Moskau zu kommen, sagt sie, was bedeutet, dass wir uns endlich einmal wiedersehen. Neben den Fotos von uns hängt Reuben als sechsmonatiges Baby, goldig mit den großen blauen Augen. Wie es denn jetzt in der Schule gehe, fragt sie. Den Blick noch immer auf die Fotos geheftet, antworte ich: Alles läuft prima. Ob er wirklich nicht in eine normale Schule könne.

Als ob ich ihn in eine Sonderschule schicken würde,

wenn es nicht nötig wäre. Was sie sich denn eigentlich vorstelle?

Tut mir leid, entschuldige, sie sagt, sie müsse sich kurz setzen. Wenn ihr etwas zu viel wird, muss sie sich kurz setzen, das ist immer so gewesen. Mit dem Alter hat das nichts zu tun.

Sie würde Reuben gern einmal sehen. Weshalb ich ihn nicht mitgenommen hätte, fragt sie.

Mitgenommen? Ich glaube, sie will einen Scherz machen. Wie soll er sich hier zurechtfinden? Und ich bin doch hier, um Papa zu besuchen.

Ob ich neue Fotos mitgebracht hätte, fragt sie, um das Gespräch in ruhigeres Fahrwasser zu lenken.

Natürlich, nicke ich, wie es sich für eine gute Mutter gehört. Ich packe sie gleich aus. Beim ersten Schritt in mein Mädchenzimmer zucke ich zurück. Nichts ist verändert, ich könnte noch das Kind sein, das Schulmädchen mit den Blumenbildern in seinem Poesiealbum. Ich schaue mich um, alles ist gleich geblieben, der Schrank, der kleine Schreibtisch, das hellgrüne Bettzeug. Ich schaue zu meiner Mutter, die schweigend neben mir steht. Ich gehe in die Hocke, um die Fotos aus meiner Tasche zu kramen. Um wie viel Uhr dürfen wir zu Papa, frage ich, und sie sagt, wir gehen schon morgens um acht Uhr los. Sie setzt sich auf den Bettrand, bewundert Reuben und sagt, dass er mir nur ein kleines bisschen ähnele.

Das stimmt, er sieht mir wirklich nicht sehr ähnlich und schon gar nicht so ähnlich, wie ich ihr ähnlich sehe: die großen Augen, die spitze Nase und sogar die schmalen Lippen, alles genau gleich. Sie nennt ihn Ruby, blättert noch ein Foto um und fragt dann, warum er keine selbst gestrickte Mütze trage. Das tut man nicht im Westen, Mam, sage ich lachend und sehe gleich meine vielen Strickmützen vor mir, wir trugen sie den ganzen Winter über, wenn wir im Freien waren. Die kommt aus der Fabrik, sage ich, ist genauso warm.

Missbilligend schüttelt sie den Kopf und bleibt dann bei einem Foto hängen, auf dem Bas Reuben im Park hochhebt. Ob mit ihm alles in Ordnung sei, will sie wissen. Ich bin noch keine halbe Stunde in der Wohnung, und schon fragt sie explizit nach.

Ihm geht es prima, Mamička.

Sie nickt, sie sieht es auf dem Foto. Und wie die Schwiegerfamilie eigentlich zu mir sei, möchte sie doch auch gern wissen.

Sie sind sehr freundlich, einfache Leute, da gibt es nichts zu klagen. Ich erzähle von seinen zwei Schwestern, die wir regelmäßig treffen, eine hat auch Kinder, mit der anderen komme ich gut aus, sie ist genauso alt wie ich. Und hat ebenfalls einen Uniabschluss, kriegt aber auch keinen Job. Griechisch und Latein hat sie gemacht, ab und zu hat sie einen Lehrauftrag an der Universität, aber viel zu selten. Sie ist enorm belesen, wir unterhalten uns viel. Sie verdient ihr Geld in einem Gewächshaus. Mit tropischen Topfpflanzen, drei Tage die Woche. Meine Mutter starrt mich verständnislos an. Was soll das heißen, Kind?

Vielleicht liegt es an meiner Übersetzung, ich kenne Wörter wie «tropische Topfpflanzen in einem Gewächshaus» nicht so recht in meiner Muttersprache. Als sie es nach drei weiteren Versuchen noch immer nicht richtig begriffen hat, schlage ich vor, es sein zu lassen, so wichtig ist es auch wieder nicht.

Das alte Radio steht noch neben meinem Bett, es ist dasselbe wie das von Mama. Ob es wohl noch geht? Sie glaubt schon, probier's doch aus, sagt sie. Vorsichtig drehe ich an dem Knopf. Sofort erklingt krächzende Musik, mir dringt das Geräusch bis tief in den Bauch; das Gerät hat noch dieselben Störungen wie früher.

Gegen elf beschließen wir, ins Bett zu gehen, wir müssen früh aufstehen und den Bus um Viertel nach acht erwischen. Sie fragt, ob sie mich wecken solle. Ich bin seit Jahren nicht mehr von meiner Mutter geweckt worden.

Gern, Mama.

Sie nimmt die zwei großen Paradekissen von meinem Bett und legt sie aufeinander an die Seite, wie sie es früher immer gemacht hat.

Ob ich nicht eben noch auspacken müsse. Als ich keine Antwort gebe, weil ich noch nicht darüber nachgedacht habe, wiederholt sie noch einmal, wie schön sie es finde, dass ich da sei. Ich frage, was mit der Vase im Flur passiert sei.

Zerbrochen. Sie schlägt die Augen nieder. Eigentlich war dort auch nicht genügend Platz dafür. Sie wünscht mir eine gute Nacht. Ohne dass sie mir sagt, wann sie mich weckt, weiß ich, dass es eine Stunde vor dem Aufbruch sein wird.

Auspacken scheint mir nicht nötig, ich bleibe nur wenige Tage, so viel habe ich auch nicht dabei. Aber den Waschbeutel hole ich heraus, ein Nachthemd habe ich vergessen, ich vergesse schon mein Leben lang mein Nachthemd, also schlafe ich auch heute Nacht in Unterwäsche. Als wäre ich es nicht anders gewohnt, laufe ich durch den Flur zum Badezimmer. Der Lichtknopf klemmt ein bisschen, vielleicht, weil er selten benutzt wird. Im Spiegel sehe ich anders aus. Anders als zu Hause.

Ich weiß nicht, woran es liegt. Vielleicht an der Badezimmerbeleuchtung. Mein Haar wirkt noch dunkler, als es ist. Unter meinen Augen sind dunkle Ringe.

Ich höre ein wohlbekanntes Geräusch, blicke über den Spiegel und sehe, dass es durch das Badezimmerfenster noch immer zieht, es lässt sich einfach nicht zukitten. So beschlagen die Scheiben wenigstens nicht, spottete mein Vater, wenn ich mich früher über die Zugluft beklagte. Er konnte mich damit zum Lachen bringen, er zeigte mir, dass alles halb so schlimm war. Vielleicht war es nicht richtig, all die Jahre wegzubleiben, denke ich zum ersten Mal, vielleicht hätte ich den Zeitabstand nicht so groß werden lassen sollen.

Wer weiß, wie viel jetzt noch von ihm übrig ist. Ich kann ihn mir nicht schwach vorstellen; ein Mann, der immer kerzengerade geht, darf nicht bettlägerig sein; ein Mann, der immer die Regeln bestimmt hat, darf nicht die Sprache verlieren. Und ich glaube, trotz seiner Strenge könnte er stolz sein, er hat Reuben akzeptiert, obwohl dieser zu den «Schwächeren» gehört, er hat seinen ersten Enkel akzeptiert. Wie er am Telefon immer nach ihm fragt, klingt es, als hätte er damit eigentlich kein Problem. Aber er hat mich den Unterschied gelehrt: Unsere Gesellschaft lebt von den Starken, Schwache tragen nichts zu ihr bei. Wie oft habe ich mir das anhören müssen?

Ich dusche stehend in der Wanne, endlich wieder eine Badewanne, aber die Zeit reicht nicht, jetzt ein Bad zu genießen. Es dauert lange, bis das Wasser die richtige Temperatur hat. Im Seifenbehälter liegt ein ausgetrocknetes Stückchen Seife, kein Markenprodukt, ich strecke mich nach meinem Duschgel in der Toilettentasche. Während ich mich wasche, grüble ich, weshalb die vielen Mütter in der Schule offenbar ganz gut zurechtkommen. Mir gelingt das einfach nicht.

Du kannst das Leben nicht ändern, das Leben verändert dich, antwortete Mama früher mit großer Gelassenheit, wenn ich fragte, warum sie nie für sich selbst eintrete. Sie vermittelte mir immer das Gefühl, als hätte sie kein Recht zum Mitreden.

Und ich wollte beweisen, dass ich es besser mache, besser als was, das wusste ich nicht, aber ich hatte mir vorgenommen, ein glücklicher Mensch zu werden. Und das musste dort doch möglich sein?

Nein, wenn man von Kindesbeinen an eine enge, mausgraue Jacke getragen hat, und sie die ganze Kindheit und Jugend lang immer anhatte, Jahr für Jahr dieselbe vorgeformte Jacke aus steifem Stoff, ab und zu eine Nummer größer, jahrein, jahraus immer derselbe Schnitt, eine Jacke, die sich dem Körper nicht anpasst, dann wird man sich nie anders als steif bewegen.

Dann hilft auch keine anschmiegsame Jacke mehr.

Mein Name wird geflüstert, meine Schulter wird von einer Hand berührt. Ich liege auf dem Bauch. Lunia, Liebes. Beim Augenöffnen sehe ich mein Mädchenbettzeug, das verwirrt mich für den Bruchteil einer Sekunde. Ich setze mich auf, danke Mamička. Ich reibe mir die Augen und frage, ob sie gut geschlafen habe. Graziös sitzt sie in ihrem Nachthemd auf der Bettkante, die Haare aufgesteckt. Sie antwortet, sie schlafe nie gut. Ich erinnere mich wieder daran, ich hatte vergessen, wie sie Nacht für Nacht, zu nachtschlafender Zeit, aufwacht und dann auf der Suche nach dem Mond vergeblich am Fenster steht. Woher das nur komme, frage ich, dass sie nie durchschlafe. Sie lächelt. Heute kann ich es aufs Alter schieben, aber früher nicht, damals hatte ich keine Ausrede. Ich träume mehr, als dass ich schlafe, mein Kind. Sie reibt meine kalte Schulter und sagt, ich solle nicht in Unterwäsche schlafen.

Ob sie deswegen nie mal beim Arzt gewesen sei, frage ich. Sie schüttelt den Kopf. Es ist keine Krankheit, Kind. Dann fordert sie mich auf, aufzustehen, wir müssen rechtzeitig aus dem Haus, der Bus wartet nicht, sagt sie streng, im selben Ton, wie sie uns vor zwanzig Jahren zu verstehen gab, dass wir uns beeilen sollten, denn die Schule warte nicht.

Wir kommen an einem Platz vorbei, wo früher Straßen waren, hier holte mein Vater seine Zeitung, ich erinnere mich noch genau an die Stelle, aber wo ist der Kiosk geblieben? Und der Mann mit den Nüssen und dem Obst daneben – wenn Papa die Zeitung kaufte, bekamen wir oft ein Stück Obst oder ein paar Nüsse –, wo sind die kleinen Läden geblieben? Statt der Straßen gibt es jetzt Plätze, aber auch auf diesem schimmernden Platz gibt es nichts mehr zu kaufen. Liegt es an der Art des Steins, dass er so schimmert? Man hat sogar einen kleinen Park angelegt. Der Vorschlag meiner Mutter, mich ans Fenster zu setzen, war vernünftig. Ich muss ihr recht geben, nichts ist mehr, wie es war. Ich dachte, man hätte in den vergangenen Jahren das Geld vor allem in die Museen gesteckt, weniger in Straßen oder Plätze, gar in Parks. Spielen heute dort Kinder?

Sie nickt, ja doch, natürlich nicht jetzt, zu dieser Tageszeit, aber am Nachmittag, vor allem im Sommer. Man hat dort sogar Teiche angelegt, das sieht sehr schön aus, wenn die Sonne scheint, selbst jetzt, wenn es noch so kalt ist.

Und du hast immer gesagt, dass es in diesem Land niemals besser würde, reibe ich ihr unter die Nase, worauf sie mir bedeutet, leiser zu sprechen, wir sitzen schließlich in einem öffentlichen Bus. Sie neigt den Kopf ein wenig nach rechts, zu mir, gibt zu, dass sie das damals tatsächlich immer gesagt habe, aber manchmal sei der Teufel eben nicht ganz so schwarz, wie man ihn male. Wir schauen beide aus dem Fenster und tun, als bemerkten wir nicht, wie in jeder Kurve stehende Fahrgäste an unsere Knie stoßen.

Weil die Busfahrt zwanzig Minuten dauert, nutzt meine Mutter erneut die Gelegenheit, sich nach Reuben zu erkundigen. Es bedrängt mich, ohne dass ich sagen könnte, warum, vielleicht ist es die physische Nähe, zwischen uns liegen weder Telefonkabel noch Tausende von Kilometern, wir sitzen Schulter an Schulter in einem überfüllten Bus, mitten im morgendlichen Berufsverkehr. Als sie fragt, ob er nicht ein Brüderchen oder Schwesterchen haben möchte, lache ich auf.

Meine laute Reaktion erschreckt sie, sie ist schließlich meine Mutter, sie findet, dass sie danach fragen darf.

Ich nicke und fühle wieder, wie gut es ist, so weit weg zu wohnen. Manchmal genieße ich ihr Fernsein sogar, die Freiheit, sie nicht über alles und jedes in meinem Leben informieren zu müssen.

Ohne auf sie einzugehen, wende ich den Kopf zur Seite, starre wieder schweigsam aus dem Fenster und sehe plötzlich in der Ferne die Newa. Im Morgenlicht glitzert das Wasser wie Silber. Das müsste Bas sehen. Und Reuben. Das sollte ich ihnen gönnen, genau das.

An der Haltestelle steigt ein Herr mit einer *Nowaja Gaseta* unter dem Arm ein. Ob sie den Kiosk vielleicht doch verlegt haben? Es gelingt mir nicht, die Schlagzeile auf der Titelseite zu lesen, weil ausgerechnet die paar Buchstaben der gefalteten Zeitung von seinem Arm verdeckt werden. Neugier auf die Zeitung, die wir nie lesen durften, nur die *Narodnaja Gaseta* kam ins Haus, ich versuche, ein wenig mehr zu erkennen. Weil mein Vater es nicht wollte, wagte ich mich nie an die *Nowaja*. Aber nach all den Jahren außerhalb des Landes fühle ich mich offenbar weniger daran gebunden und frage meine Mutter, ob sie denn diese Zeitung auch gelegentlich gelesen habe. Sie wedelt ablehnend mit der Hand.

Kann ich sie dort kaufen, im Krankenhaus? Ihre Augen starren mich ärgerlich an, das scheint ihr der Gesundheit meines Vaters nicht gerade förderlich zu sein.

Wie mir ihr neuer Rock gefalle, will sie wissen. Der Schnitt sieht aus, als stammte er aus der Zeit vor dreißig Jahren, wieder so ein Sowjetrock, in dem ich mich nicht zeigen wollen würde. Hübsch, antworte ich. Sie hat ihn letzten Monat gekauft und vor Kurzem zum ersten Mal reinigen lassen. Zum Glück ist es gut gegangen, fügt sie hinzu.

Sie war gestern Nachmittag noch bei der Reinigung, Papas Anzug war fertig, und sie wollte ihn lieber nicht während meines Besuchs abholen müssen. Dort hatten sie ihr von der Demonstration vorgestern erzählt, es hat wieder einmal gekracht, zu viele Teilnehmer. Ich frage, was sie damit meine.

Es gibt eine Vorschrift, dass sich nicht mehr als fünfhundert Menschen auf der Straße oder auf großen Plätzen versammeln dürfen, also auch nicht, um zu demonstrieren. Und das wird sehr genau kontrolliert, sobald es hundert Leute mehr sind, wird drauflosgeprügelt, um die Menge auseinanderzutreiben. Ihr erscheint das als eine kluge Vorschrift.

Mama deutet an, dass sie sich bei diesem Gespräch unsicher fühle, man könne ja nie wissen, ob die Wände in einer Reinigung nicht Ohren hätten. Aber gut, jeder soll verunsichert werden, das ist ja gerade die Absicht. Und dagegen wird protestiert. Aber sie dürfen nicht protestieren. Protestieren ist verboten. Es ist ein Teufelskreis, der sich schon seit Jahrhunderten um sich selbst dreht. Seit Jahrhunderten auf der Stelle tritt. Ohne Fortschritt.

Ich erkenne die Haltestelle nicht mehr, nicht einmal mehr das Gebiet hinter dem großen Krankenhaus. War der Eingang früher nicht auf der anderen Seite? Meine Mutter verneint, während sie mich eilig zur richtigen Seite lotst, von der zentralen Halle zu den Aufzügen, sie weiß, wo wir hinmüssen.

Wie viele Tage er denn schon hier liege, frage ich, während uns der Lift nach oben trägt. Sechs. Worauf sie sich korrigiert, nein, sieben, und dann sagt sie, sie führe nicht Buch darüber, was mache das schon aus, es sei sowieso zu lange. Vielleicht schon eine Woche. Ja, denn Lew kam schon am ersten Tag, und das war vor fast einer Woche. Er musste ja nur aus Moskau anreisen, mit diesem Gedanken rechtfertige ich mich vor mir selbst. Es geht darum, fügt sie hinzu, dass dein Vater so im Krankenhaus nicht gesünder wird, er muss nach Hause. Dort könne sie für ihn sorgen, ihm helfen, wieder gut zu sprechen, zu gehen, sich zu bewegen.

Ich frage, ob sie das wirklich ernst meine.

Sie blickt mich streng an, ich begreife nicht, womit ich diesen Blick verdiene, und beschließe, ihr einfach zum Zimmer meines Vaters zu folgen.

Dort ist es totenstill. Leise klopft sie an die offene Tür, eine Stimme, nicht die meines Vaters, sagt, dass wir eintreten könnten. Guten Morgen, Pavel, sagt sie auf Slowakisch zu dem ersten Bett, an dem wir vorbeikommen. Ich nicke, in der Annahme, dass dieser Pavel weiß, dass ich ihre Tochter bin. Er taxiert mich mit einem Augenaufschlag und begrüßt mich auf Russisch. Ob er ebenfalls Slowake sei, frage ich leise.

Sonst hätte sie ja wohl Russisch mit ihm gesprochen, antwortet sie unwirsch, wie sie immer schroff wird, wenn es um ihr Vaterland geht.

Im nächsten Bett liegt eine ausgezehrte Gestalt in einem weißen Nachthemd.

Dieses bleiche Gesicht gehört zu meinem Vater. Er ist schlecht rasiert. Ich kann mich nicht an Stoppeln unter seiner Nase erinnern. Auf seinem Kinn sehe ich verkrustetes Blut.

Er hat uns nicht gehört. Ich sehe mich um, suche nach einem Waschbecken, ich komme von draußen, muss mir die Hände waschen. Aber ich entdecke keines. Ich lege meine Hände an die Rocknähte und wische sie unauffällig ab. Ohne Wasser ist das völlig unsinnig.

Er schläft, sagt sie, als ob mit meinen Augen etwas nicht in Ordnung wäre. Ich reagiere nicht, blicke nur auf den schlaffen Körper, so kraftlos habe ich ihn noch nie gesehen. Sein Gesicht ist ernst, als würde er im Schlaf tief nachdenken. Ich empfinde Unbehagen, Besorgnis, sogar Scham.

Pavel hat inzwischen meine Mutter angesprochen, und obwohl sie auf Russisch umgeschaltet haben, sprechen sie zu leise, als dass ich sie verstehen könnte. Neben dem Bett meines Vaters steht ein Klappstuhl. Ich frage meine Mutter, ob ich mich darauf setzen dürfe. Sie nickt, scheint jedoch ins Gespräch mit dem Bettnachbarn vertieft. Aber Pavel mischt sich ein. So ein junges Mädchen wird doch kurz stehen können. Linkisch bleibe ich stehen. Erst als mir klar wird, dass es ihn nichts angeht, setze ich mich.

Im Sitzen betrachte ich wieder meinen Vater, aus der Nähe wirkt er weniger schwach. Offenbar stört ihn das Flüstern nicht. Weshalb sprechen sie jetzt nicht mehr Slowakisch miteinander? Was hat sie überhaupt mit diesem unverschämten alten Mann zu besprechen?

Das nächste Bett neben meinem Vater ist leer, aber noch eines weiter schläft ein Herr, im gleichen weißen Nachthemd wie mein Vater und Pavel. In der Mitte des Raums steht ein kleiner Tisch, auf dem ein paar Blätter liegen, dahinter ein leerer Stuhl. Auf dem Stuhlrücken steht das Wort «Pflegepersonal», woraus ich schließe, dass an diesem altersschwachen Tischchen die Patientenakten geführt werden.

Meine Mutter sagt, dass sie kurz zu ihrer Tochter müsse. Ich möchte ihr sagen, dass sie gar nichts muss, dass sie sich zu nichts verpflichtet fühlen müsse, denn dieser Pavel habe offenbar fesselnde Geschichten zu bieten, meinetwegen könne sie an seinem Bett sitzen bleiben – aber ich schweige. Er murmelt noch etwas von einem tschechischen Untergrundsender. Meine Mutter kommt zu mir, drückt vorher noch eine Haarnadel fester in den Knoten und nimmt dann behutsam die Hand meines Vaters, flüstert, dass er gleich aufwachen werde. Nicht, dass es dazu irgendeinen Anlass gäbe. Wenn er dich sieht, setzt sie hinzu, wer weiß, wie er das verkraftet.

Sie soll sich vor allem nicht zu viel davon versprechen, sage ich.

Meine Antwort erschreckt sie, und deshalb spricht sie eine Weile nicht mit mir. Wir schauen beide auf meinen Vater, sie flüstert: Vadim, Vadim, als ob sie ihn behutsam und liebevoll wecken möchte, was mich gleich wieder an das Lunia, Lunia erinnert, kurz bevor ich das Büro verließ. Erst jetzt merke ich, wie leicht es mich gemacht hat, ihn singen zu hören, er hat mich einen Moment lang zum Schweben gebracht.

Ihre behutsamen Bewegungen bleiben fruchtlos, er schläft weiter. Ob ich vielleicht im Gang warten möchte, fragt sie.

Nein, Mam, ich bin hergekommen, um bei ihm zu sein,

lass uns einfach ruhig hierbleiben, er wacht bestimmt bald auf. Es könne aber länger dauern, als ich mir vorstellte, flüstert sie, worauf sie den Stuhl des abwesenden Pflegers holt, sodass wir nebeneinandersitzen können. Darf man hier einfach so einen Stuhl nehmen und anderswo hinstellen?

Sie lächelt, manches hat sich in den letzten Jahren geändert, mein Kind, es ist einfach kein Geld mehr da für Pflegepersonal in jedem Zimmer. Also schauen sie nur ab und zu vorbei, davon ist aber kaum etwas zu merken. Statt den Hunderten von Krankenpflegern in allen großen Krankenhäusern gibt es jetzt in Moskau riesige Einkaufszentren. Pavel prustet vor Lachen. Aber Eva, wenn sie dich hören könnten!

Meine Mutter zwinkert mir zu, um zu zeigen, dass sie sich keine Sorgen macht, dass sie sich wohl traut, solche Reden im Mund zu führen, schließlich hört sie ja sonst keiner. Mir wird ganz flau. Was hat sie nur gemacht in Moskau?

Um nicht darauf eingehen zu müssen, starre ich krampfhaft auf den reglosen Körper meines Vaters. Unvorstellbar, dass er je jung gewesen ist, ein Angehöriger der Armee, je gegen andere gekämpft hat.

Meine Mutter dreht ihren Stuhl ein Stückchen, um nicht mit dem Rücken zu Pavel zu sitzen. Erst als sie merkt, dass ich das nicht vorhabe, bedeutet sie mir mit der Hand, ich solle doch bitte ebenfalls darauf Rücksicht nehmen. Ich denke nicht daran, ich komme nicht wegen eines mir unbekannten Patienten hierher. Sekundenlanges Schweigen. Dann murmelt sie, dass von ihrer slawischen Gastfreundschaft nicht viel hängen geblieben sei. Ich rücke meinen Klappstuhl in die gewünschte Richtung.

Als ob sie schon Tage so verbracht hätten, neben dem Bett meines ständig schlafenden Vaters, so sind sie in ein Gespräch vertieft. Er nennt sie sogar Kočka, Katze, eines der Wörter, an die ich mich aus meiner Kinderzeit erinnere; manchmal rief mich meine Mutter als kleines Mädchen Kočička, aber hier finde ich es befremdlich. Die Welt ist voller Überraschungen, würde Bas in so einem Augenblick sagen – mir wird bewusst, dass ich heute zum ersten Mal an ihn denke.

Pavel betrachtet mich lange und rühmt dann meine Schönheit, die ich von meiner Mutter haben müsse – wie oft habe ich das nicht schon gehört –, er hätte es bestimmt gewusst, wenn sie sich damals gekannt hätten, damals in der Tschechoslowakei. Je nach Stimmung gehen mir solche Bemerkungen auf die Nerven, aber bei diesem alten Mann hier stört es mich nicht, es scheint ihm sowieso elend zu gehen. Ich lächle ihm freundlich zu und schaue danach wieder zu meinem Vater. Wie kann es nur sein, dass er einfach weiterschläft, obwohl wir hier sitzen und uns unterhalten?

Du bist eine gute Tochter, setzt Pavel noch hinzu, als könnte er das beurteilen. Ist er vielleicht verwirrt? Gut möglich, ich schätze ihn auf etwa siebzig oder sogar älter, vielleicht bringt er einiges durcheinander. Woher will er wissen, was für eine Tochter ich bin?

Wie kommen Sie denn darauf?

Er legt los. Weil ich alles hätte stehen und liegen lassen, um am Bett meines Vaters zu sitzen. Meine Mutter habe ihm erzählt, wie hektisch mein Leben dort im Westen sei. Er hebt seine Hand ein bisschen hoch und versucht, den Kopf mehr zu mir hin zu drehen. An mir könne sich sein Sohn ein Beispiel nehmen, sagt er langsam. Das Sprechen über diesen Sohn scheint ihn zu lähmen, seine Hand sinkt zurück, und er schweigt. Blicklos starrt er vor sich hin, während meine Mutter versucht, ihn zu trösten. Der Junge kommt sicher einmal, er wird sich wirklich Mühe geben, es geht nun mal nicht so einfach, wenn man beim Militär ist, sie kennt sich damit aus.

Nein, ruft Pavel streng, die Augen wieder auf meine Mutter gerichtet, nein, wiederholt er voller Zorn, sein Sohn werde ihn nicht besuchen. Neugierig frage ich, wo er denn stationiert sei, und dieselbe rechte Hand macht eine Geste, als ob dieser Sohn sich unter irgendetwas befindet.

Mein Sohn, mein einziger Sohn, dient auf einem U-Boot. Was habe ich nur um Himmels willen falsch gemacht?, fragt sich Pavel.

Aber dann ist es doch unmöglich herzukommen, versuche ich jetzt ebenfalls den Sohn zu verteidigen. Pavels Mund möchte Feuer speien, ich zucke zurück. Sein Sohn gehört «zu einer anderen Partei». Zorn verzerrt sein Gesicht. Er hat sich das Leben auf dem U-Boot nicht ausgesucht, sagt meine Mutter. Und danach ist sie nicht mehr Kočka, sondern einfach Eva, und Eva sollte wissen, dass sein Sohn nicht hätte gehorchen müssen. Meine Mutter schüttelt den Kopf. Diese Möglichkeit gibt es nicht, die hat keiner.

Pavels Augen durchbohren sie. Diese Möglichkeit schafft man sich selbst, antwortet er. Zur Verteidigung beginnt meine Mutter zu spotten: O ja, hätte er sich für ein Leben in einem Arbeitslager entscheiden sollen? Hättest du das vielleicht gewollt?

Pavels Finger herrscht erneut in unsere Richtung. Sich für Selbstachtung zu entscheiden, was hältst du davon, das mussten wir doch alle, oder etwa nicht? Sein Blick wandert von meiner Mutter zu mir, aber es fällt ihm schwer, den Kopf zu bewegen, er liegt auch nicht zu seinem Vergnügen hier. Sieh mich doch an, ruft er, und ich gehorche, als riefe mich mein eigener Vater, während er mit Chruschtschow anfängt.

Das weißt du natürlich nicht mehr, Lunia, er kennt meinen Namen. Chruschtschow sagt, dass das russische Volk erst dann gehorcht, wenn man es schlägt.

Nein, das kenne ich tatsächlich nicht.

Mein Sohn? Pavel spricht nun so laut, dass ich fürchte, es könnte Papa aus dem Schlaf schrecken. Nicht, dass ich ihn weiterschlafen lassen möchte, aber er soll auch nicht zu Tode erschrecken vor seinem aggressiven Nachbarn, der nicht vorhat, an der Wahrheit zu sterben.

Mein Sohn, wiederholt er, den muss man nicht einmal schlagen!

Mama kann es nicht länger hören und bittet ihn, sich nicht so aufzuregen. Man hat den Eindruck, als wollte sie ihn beschützen, als ob es jedem Wildfremden in diesem Zimmer besser gehen müsste, und dann ergreift sie wieder Partei für den Sohn, er müsse seine Dienstzeit ordentlich hinter sich bringen, wie es sich für ihn gehöre.

Pavel wendet den Kopf von uns ab. Insgeheim denke ich, dass ihm die Kraft zu einem Widerspruch fehlt, ein Angriff gegen die Verteidigungsrede meiner Mutter würde ihn völlig erschöpfen. Er schweigt.

Kribblig sitzt sie neben mir und geht dann, um einen Pfleger zu suchen.

Ob ich sie begleiten solle, frage ich, damit ich nicht allein mit einem wütenden Slowaken neben meinem schlafenden Vater zurückbleiben muss. Sie sagt, nein, wenn Papa aufwache, solle ich da sein. Ich schlage die Augen nieder und drehe meinen Klappstuhl wieder ein wenig zurück.

Es stört Pavel, dass ich jetzt völlig mit dem Rücken zu ihm sitze, trotzdem fängt er wieder zu reden an, als ob er alle Energie gesammelt hätte, um mir etwas anzuvertrauen, nicht weil ich es bin, sondern weil ich zufällig die Einzige bin, die ihm zuhören kann.

Seine Eltern hätten ein gutes Auskommen gehabt, flüstert er meinem Rücken zu. Voll harter Arbeit, das wohl, aber sie waren zufrieden, glückliche Menschen, sie taten keiner Fliege etwas zuleide.

Ergreift er jetzt die Gelegenheit, sich über seine Jugend zu verbreiten?

Um mir nicht später von meiner Mutter den Vorwurf der Unhöflichkeit anhören zu müssen, drehe ich den Kopf ein wenig zur Seite, sodass ich wenigstens Augenkontakt aufnehmen und ihn in seinem weißen Nachthemd ansehen kann.

Es waren Leute wie deine Großeltern, sagt er, und dass seine Eltern gute Bürger gewesen seien, nichts auszusetzen. Lebten glücklich mit ihrer Familie, bis sie unerwartet Besuch vom sogenannten Brudervolk bekamen. Seine Meinung über dieses Brudervolk werde Pavel jetzt lieber für sich behalten, es wäre ihm sonst zu anstrengend.

Ich nicke verständnisvoll, diese Großeltern, von denen er spricht, kenne ich nicht einmal, aber wenn ein älterer Herr unbedingt bei mir etwas loswerden möchte, höre ich ihm eben zu. Ich sage, er solle sich Zeit lassen, ich sei noch ein paar Tage hier, wir könnten ein andermal weiterreden – aber so leicht komme ich nicht davon. Ob ich denn wisse, was die wichtigste Eigenschaft dieses Brudervolks sei, fragt er und atmet tief ein, um kraftvoll selbst die Antwort geben zu können. Mangelnde Bruderliebe!

Sein Gelächter erfüllt das Krankenhauszimmer, während mir klar wird, dass ich das Gen für slowakischen Humor nicht geerbt habe. Keine Minute später schläft er schnarchend ein. Sofort wende ich mich wieder meinem Vater zu, der mit offenen Augen still in seinen Laken liegt.

Grüß dich, mein Liebes, sagt seine Stimme, wie ich sie kenne. Aber seine Augen haben jeden Glanz verloren, und sein Blick zeigt keine Überraschung, er scheint es normal zu finden, dass ich hier an seinem Bett sitze, was ja eigentlich auch stimmt, und er fragt, wie es mir gehe, gelassen und aufmerksam, wie ich es von ihm gewohnt bin. Mit einem Lächeln erzähle ich, dass es mir gut gehe, jetzt wo ich da sei und sähe, dass es doch nicht so schrecklich sei; Mama habe mich angerufen und erzählt, was passiert sei, ich sei zu Tode erschrocken und hätte, so schnell ich konnte, das Flugzeug genommen.

Verwunderung steht in seinem Gesicht, eine Art Verständnislosigkeit, weshalb starrt er mich so an?

Ja, ja, sagt er, in einem Versuch, zu begreifen. Natürlich, sagt er, du musstest aus dem Westen kommen. Erzähl mal, wie geht es deinem Sohn?

Gut, antworte ich. Er hat Reuben noch nie meinen Sohn genannt. Danke, Papa, Reuben geht es gut. Seine Hand sucht nach der meinen, bewegt sich aber in die falsche Richtung. Solche Sachen, sagt er.

Meine Mutter kommt ins Zimmer, und als sie merkt, dass Vater wach ist, eilt sie gleich zu ihm hin. Wie findest du die Überraschung, Schatz?

Mein Vater lächelt ihr zu, während sie über die Pfleger murrt, in den Fluren war wieder keiner zu finden. Danach wirft sie einen Blick auf Pavel, der endlich still ist. Mein Vater möchte etwas essen, was ihr ein gutes Zeichen zu sein scheint, und ich frage, wo wir denn schnell etwas für Papa holen könnten.

In ungefähr einer halben Stunde wird etwas gebracht, sagt meine Mutter, das war in den vergangenen Tagen auch so.

Ich hätte auch Appetit, aber den Satz verkneife ich mir. Normalerweise hätte ich um diese Zeit schon zwei Tassen Kaffee getrunken, im Büro sogar mehr.

Ob mir die Kälte denn zu schaffen mache, fragt er plötzlich besorgt, das bist du doch nicht mehr gewöhnt, meine Kleine?

Halb so schlimm, Paps, und ich merke, wie schön ich es finde, dass er so um mich besorgt ist. Danke, Papa.

Meine Mutter sagt, dass Lew versuchen werde, in dieser Woche ebenfalls vorbeizukommen. Das ist wunderbar, deine Tochter bei dir zu haben, nicht wahr?

Er lächelt und fragt dann, wie die Stadt heiße, in der ich wohne, es will ihm gerade nicht einfallen, und meine Mutter antwortet bereits, bevor ich den Mund aufgemacht habe.

Ach ja, sagt er, Amsterdam.

In seiner Miene lese ich Ärger.

Ohne erkennbare Ursache beginnt plötzlich sein rechtes Auge zu tränen. Unauffällig versucht er es wegzuwischen, aber es gelingt ihm nicht. Noch nie in meinem ganzen Leben habe ich die Augen meines Vaters feucht gesehen. Meine Mutter sagt, damit habe er in letzter Zeit zu kämpfen, was irgendwie unfreundlich klingt. Ich schiebe den Klappstuhl zurück und stehe halb gebeugt, um meinen Vater vorsichtig umarmen zu können, ich will nicht, dass er traurig ist.

Meine Mutter hat ein benutztes Besteckset von seinem Nachtschränkchen genommen, in eine Plastiktüte gepackt und steckt es jetzt in ihre Tasche. Sie nimmt es mit nach Hause, wäscht es ab und bringt es wieder mit, das macht sie anscheinend jeden Tag. In seiner Schublade liegt ein Reservebesteck, das holt sie gleich heraus. Sonst müsse er jedes Mal mit demselben ungewaschenen Besteck essen, erklärt sie, das finde sie unappetitlich. Dass er seit Langem nicht einmal mehr schneiden kann, übergeht sie.

Auf dem Heimweg im Bus frage ich, wie lange sie, nach ihrer Meinung, Papa noch dort behalten wollen. Sie sagt, dass sie mehrmals pro Woche mit einem Arzt spreche, wahrscheinlich morgen wieder, dann hoffe sie mehr zu erfahren. Schrecklich für ihn, murmelt sie, dass er noch immer nicht die richtigen Worte finden kann, und dazu noch dieser Arm, so viele Probleme mit diesem Arm.

Ich starre aus dem Fenster und sehe im Vorüberfahren wieder die Weite der Plätze, vermutlich fällt mir das auf, weil ich es so lange nicht gesehen habe. Wie schön das ist, Mamička. Sie wirft mir einen Blick zu und flüstert, das gehöre zu den wenigen positiven Überbleibseln, alles andere im Land habe diese Religion kaputt gemacht. Welche Religion? Was soll das heißen?

Der Kommunismus, antwortet sie, wenn man eine Religion auf Lügen baut, sind am Ende keine Gläubigen mehr übrig.

Ich nicke und versuche, lieb zu ihr zu sein, jetzt wo ich merke, wie viele Probleme sie mit diesem Land hat. Es fühlt sich immer an, als ob sie lieber irgendwo anders hätte sein wollen.

Zu Hause geht die Heizung nicht. Sie gibt mir ein großes Umschlagtuch, das mir gleich bekannt vorkommt; als Kind habe ich es als Decke benutzt. Ich wickle meinen Oberkörper in ihr verschlissenes Tuch. Ich ziehe meine Stiefel aus und kuschle mich aufs Sofa.

Sie ist in die Küche gegangen, um Tee zu machen. Ohne sie fühle ich mich nicht wohl, wir sind schon ziemlich viele Stunden zusammen, und ich möchte, dass sie zurückkommt, hierher, neben mich, damit wir uns unterhalten können. Ich habe es nie richtig begriffen, tief in ihr steckt eine Wut, das ist mir gleich wieder aufgefallen. Vielleicht traue ich mich endlich, weil ich so lange weg gewesen bin, nach dem Grund für diese Wut zu fragen?

Als sie Zucker in unsere Gläser schüttet, frage ich, warum es eigentlich so schwierig für sie sei, sie habe sich doch damals selbst dazu entschieden, hier zu wohnen?

Es sei ein Zusammentreffen verschiedener Umstände gewesen, antwortet sie heftig.

Was meinst du damit, Mama?

Sie wirft mir einen undurchdringlichen Blick zu, aber dieser Blick hält mich nicht ab, doch weiterzufragen. Warum habe ich nie erfahren, wie es sie hierher verschlagen hat? Ich bin kein Kind mehr, das schweigen soll.

Sie schüttelt den Kopf. Kind, du überraschst mich. Sie habe es häufiger gehört, dass man im Westen keine Diskretion kenne, und wahrscheinlich hätten sie dort ihre Tochter schon damit angesteckt.

Ich überhöre den Vorwurf und wage zu meiner eigenen Verwunderung einen weiteren Versuch. Mit diesem Pavel hast du keine Probleme, du redest einfach über früher, dazu noch auf Slowakisch, aber mit mir willst du nicht darüber sprechen.

Ich weiß nicht, was in mir hochkocht, ich erkenne ein vages Gefühl, das mich früher lähmte und verstummen ließ. Nun widersetze ich mich. Aber sie schweigt und gibt mir ein paar Sekunden später zu verstehen, dass sich um sie herum alles drehe, ihr speiübel werde.

Eilig stelle ich die Gläser weg. Spielt sie Theater? Sie sitzt neben mir, ich halte sie fest, ich wickle mich mit einer Hand aus dem verschlissenen Umschlagtuch und lege es ihr rasch um. Ich wollte sie nicht aus der Fassung bringen, was hat sie nur um Himmels willen?

Sie schließt die Augen, und auf ihre Stirn treten Schweißtröpfchen. Ich muss sofort an meinen Vater denken. Aber vielleicht ist er besser dran. Sie bekommt Atembeklemmungen bei der Frage, warum sie damals hierher gezogen ist, damit kann doch kein Arzt etwas anfangen.

Während sie mit geschlossenen Augen neben mir auf dem Sofa liegt, ärgere ich mich über diesen Pavel, mit dem sie sehr wohl über früher spricht.

Nach einer Weile bittet sie um einen Schluck Tee, ihr ist so furchtbar kalt. Ich sage, dass es nicht an ihr liege, es sei eisig, wir sollten die Heizung wieder in Gang bekommen. Sie deutet auf den Ofen und sagt, er springe gleich von selbst an. Ach ja? Wird hier gezaubert?

Wir haben erst gegen Abend Anrecht auf Wärme, sagt sie, hier in den Blocks nur ein paar Stunden pro Tag, deshalb kriegt man keinen Ofen in Gang.

Sie nimmt vorsichtige Schlückchen, legt ihre gichtigen Finger um das Glas und betrachtet mich abwesend. Diesen Blick kenne ich allzu gut. Mama ist da und zugleich nicht da.

Ich sage, dass sie allmählich wieder mehr Farbe ins Gesicht bekomme. Ihre Wangen röten sich.

Schön, Lunia. Was daran schön ist, verstehe ich nicht.

Manchmal vergesse ich, sagt sie bedächtig, dass du inzwischen selbst Mutter bist. Unerwartet spielt um ihre Lippen ein zufriedenes Lächeln, was ihr Gesicht ein wenig weicher macht, aber es sieht noch genauso traurig aus. An einem stark bewölkten Tag kann kein Sonnenstrahl durchdringen. Sie wendet den Blick ab, als müsse sie sich erst wieder selbst in den Griff bekommen. Du bist nicht mehr das Mädchen, das hinter der Wohnungstür auf der kalten Türmatte sitzt und weint, weil der Papa zur Arbeit geht, sagt sie in einem langen Atemzug. Sie löst eine Hand von ihrem Teeglas. Jeden Morgen hast du dort gesessen, deutet sie mit der geöffneten Hand auf den Flur hinter uns. Jeden Morgen wieder, du wolltest nicht, dass er wegging. Es verschlägt mir die Sprache, daran erinnere ich mich nicht. Ich weiß, dass ich nicht gern ohne Papa war, aber dass es solche Formen annahm?

Sie möchte noch etwas ausruhen, bis es Zeit zum Kochen ist.

Gegen sechs schlägt sie vor, die Suppe aufzusetzen, sie isst immer Punkt sieben Uhr. Noch immer wird also um dieselbe Zeit gegessen. Sie habe nicht genug Rote Bete im Haus, klagt sie, deshalb müsse es wohl eine andere Suppe werden, als sie geplant habe.

Bleib doch einmal sitzen, Mama, das kann ich doch auch erledigen? Ich bin aufgestanden und wende mich noch einmal zurück, jetzt, wo sie so ruhig auf dem Sofa sitzt mit ihren hochgezogenen mageren Beinen, sehe ich plötzlich, wie alt sie ist. Ich frage, ob sie denn zurechtkomme, so allein.

Sie wirft mir einen überraschten Blick zu. Das siehst du doch?

Ja schon, aber wenn du dich plötzlich nicht wohlfühlst wie gerade eben, was machst du, wenn du allein bist?

Ich habe mich nie wohlgefühlt, Kind, daran ändert sich nichts.

Nie wohlgefühlt? Sie war nie krank. Sie hat manchmal einen so grässlichen Sarkasmus.

Langsam lässt sie den Kopf sinken.

Der kleine Radioapparat steht auf der Anrichte, immer an derselben Stelle. Am Morgen steht er im Badezimmer, auch immer an derselben Stelle, und wenn sie sich angezogen hat, stellt sie ihn für den restlichen Tag in die Küche, auf die Ecke der Anrichte, direkt neben den Kühlschrank. Der Kühlschrank ist wie früher gefüllt, nur gibt es wirklich zu wenig Rote Bete. Ich finde es nicht weiter schlimm, dicke Suppe mit Sahne ist mir sowieso zu schwer. Es ist genug Gemüse da, ich werde Mohrrüben und Bohnen schnippeln, für die Suppe. Und Kartoffeln. Keine Mahlzeit ohne Kartoffeln. Ich hatte so die Nase voll davon, dass sie bei mir zu Hause nie auf den Tisch kommen. Ich glaube, Reuben hat in seinem ganzen Leben erst dreimal Kartoffeln gegessen. Aber hier ist es selbstverständlich. Nachdem ich den Topf aufgesetzt habe, höre ich, wie sie vom Sofa aufsteht. Sie kommt zu mir, ich habe es nicht anders erwartet, es ist ihre Küche. Lass es uns zusammen machen, Kind.

Ich nicke. Lass es uns zusammen machen. Ich bin zu lange nicht mehr bei ihr gewesen. Nah bei ihr. Ob Suppe mit Brot reiche, fragt sie.

Natürlich, Mama. Während ich Kartoffeln schäle und zugebe, damit die Suppe ein wenig dicker wird, sagt sie mit leiser Stimme, dass ich recht gehabt hätte.

Recht? Womit?

Ich habe dich gelehrt, Russland nicht zu lieben. Das war falsch.

Meine Hände halten inne. Es ist keine Frage von gut oder schlecht, Mamička. Ich lege das Messer auf die Anrichte und lasse das Wasser laufen. Zuerst wasche ich die Fingerspitzen ab, danach die ganze Hand. Aber hast du mich deshalb so leicht weggehen lassen, nach meinem Studium? Ich werde manchmal gefragt, ob es mir schwergefallen sei. Weißt du, Mamička, ich hatte immer das Gefühl, dass du wolltest, dass ich das Land verlasse.

Sie nickt. Aber gleichzeitig war auch das Gegenteil immer wahr, ich weiß nicht, wie ich es erklären kann, dein Vater mit seinem Vaterland über alles, und ich, ich – sie hüstelt, übertrieben, mit der Hand vor dem Mund. Es ist gut so, Kind.

Nachdem die Teller abgewaschen sind, die Küche wieder ordentlich aufgeräumt ist und ich den Radioapparat abgeschaltet habe, sieht es so aus, als hätte sich nichts verändert. Der Hahn muss fester zugedreht werden, oder er tropft aus einem anderen Grund. Ich verpasse ihm einen letzten kräftigen Dreh, ohne Erfolg. Vielleicht muss eine Dichtung ersetzt werden. Ich frage, ob das schon lange so gehe, immer nach dem Benutzen? Sie nickt und meint, dass ich mir darüber keine Gedanken machen müsse, es sei keine Katastrophe. Sie weiß nicht, dass ich dieses Tropftropfgeräusch auf den Tod nicht ausstehen kann. Wenn wir die Küchentür schließen, stört es dich nicht, schlägt sie vor. Das ist auch eine Lösung. Ich frage, ob ich kurz in Papas Arbeitszimmer dürfe, obwohl er nicht da sei. Sie wüsste nicht, was dagegen spräche. Das Knarren der Zimmertür ist im Lauf der Zeit immer schlimmer geworden. Warum lässt er die Türangeln nicht einmal schmieren?

Obwohl Papa nicht da ist, hat der Raum noch immer denselben Einfluss auf mich. Ich durfte hereinkommen, um bei ihm Hausaufgaben zu machen, kurz anklopfen, dann kam ein «Na sag schon». Zusammen Rechenaufgaben lösen. Welch eine Engelsgeduld er immer hatte.

Wenigstens mit mir.

In dem kleinen Holzschrank an der Wand neben seinem Schreibtisch liegen seine Kompasse. Früher erzählte er ausführlich, welchen er wann benutzt hatte, manche sind ganz einfach, andere sehr selten. Es sind auch beschädigte dabei, auch einige in Futteralen. Jeder Kompass hatte eine Geschichte, und obwohl ich sie in- und auswendig kannte, bat ich ihn oft, sie noch einmal zu erzählen. Ich nehme einen einfachen Kompass in einem braunen Lederfutteral in die Hand, den fand ich immer am schönsten. Vor allem wegen der Geschichte, die Papa dazu erzählte. Anscheinend war er ein paar Wochen von zu Hause weggewesen; daran konnte ich mich nie erinnern. Er erzählte, wie er damals den braunen Kompass hier manchmal tief in der Nacht herausgeholt habe, obwohl die Route für den nächsten Tag längst bestimmt gewesen sei. Er wollte nachsehen, wo seine Kinder in diesem Augenblick waren, die Richtung zu uns bestimmen. Ich strahlte immer, wenn er mich an dieser Erinnerung teilhaben ließ. Danach streichelte er meine rechte Wange und versprach, dass ich ihn später haben dürfe. Trag ihn immer bei dir, meine Kleine, damit du immer die richtige Richtung wählst. Erst heute, wo ich hier stehe, fühle ich wieder, wie gern ich ihn hätte. Ich lege den Kompass im braunen Futteral wieder ordentlich zu den anderen zurück und nähere mich Papas Schreibtischstuhl. Mich daraufsetzen, das mache ich nicht, das habe ich noch nie getan. Ich nehme den Stuhl, der in der Zimmerecke steht, genau wie er damals. Komm, setz dich zu mir, mein Liebes, dann helfe ich dir.

Bas glaubt es nie, wenn ich so von meinem Vater erzähle, er war doch ein Offizier? Na und, darf man dann seiner Tochter nicht bei den Hausaufgaben helfen?

Auf dem Schreibtisch steht eine kleine, hässliche Pflanze, aus Papier. Sie steht auf einem Porzellanteller aus unserem Service. Meine Mutter hatte gesagt, die Pflanze bräuchte einen Teller, sonst würde das Wasser auslaufen. Ich hatte sie im Kindergarten gebastelt, ich war vielleicht vier, fünf Jahre alt und davon überzeugt, dass die zusammengefriemelte Pflanze auch Wasser brauchte.

Meine Mutter spielte mit. Inzwischen sind die weißen Blätter vergilbt. Und das grüne Papier, das den Stängel darstellen sollte, wird bräunlich.

Es ist die schönste Pflanze, die wir in der Wohnung haben, sagt meine Mutter.

Ihre Stimme erschreckt mich, ich hatte sie nicht in der Tür stehen sehen. Lächelnd schaue ich sie an. Und die einzige, sage ich.

Weißt du noch, dass du sie früher gegossen hast?

Zum Glück muss ich mich vor meiner eigenen Mutter nicht mehr dafür schämen, natürlich weiß ich das noch.

Am nächsten Morgen rufe ich zu Hause an, um zu hören, wie es Reuben geht. Bas klingt wie immer. Alles läuft wie geschmiert, ich muss mir keine Sorgen machen. Es ist das erste Mal, dass ich mit Reuben sprechen möchte, zum ersten Mal merke ich selbst, wie misslich es ist, dass er nicht telefonieren kann.

Bas will wissen, wie es meinem Vater geht. Ich seufze tief, es geht langsam, sein Schlaganfall hat Auswirkungen auf alles Mögliche. Aber er hat sich gefreut, mich zu sehen, im Großen und Ganzen wird es wieder gut werden.

Bas erkundigt sich auch nach meiner Mutter, wie nett er doch ist. Na wie immer, sage ich, woraus er ableiten kann, dass sie lieb, aber schwierig im Umgang ist und dass ich mir manchmal keinen Rat weiß mit ihr. Wir müssen uns beeilen, um den Morgenbus zu schaffen; ich frage, ob wir morgen noch einmal telefonieren könnten und ob er dann für mich dolmetschen möchte. Aber sicher, antwortet Bas, schönen Tag noch, mein Liebes, pass gut auf dich auf.

Schönen Tag noch, mein Schatz, antworte ich, was ich sonst nie zu ihm sage, aber jetzt klingt es irgendwie sehr passend.

Wenn es stimmt, steht heute eine Visite an. Ich hoffe, dass wir im Zimmer bleiben dürfen. Sie glaube nicht, dass das ein Problem werde, sagt meine Mutter, als wir nebeneinander im Bus sitzen. Sie dürfe immer dabeibleiben, sie sei seine Frau und ich seine Tochter, weshalb sollte ich also aus dem Zimmer müssen?

Ich zucke mit den Schultern. Deine Tochter, hallt es mir

gleich wieder in den Ohren, derselbe spöttische Ton wie damals. Ich muss es ignorieren. Im Übrigen scheint sie keine Zweifel mehr zu haben, vielleicht habe ich es damals nicht richtig verstanden? Wurde er aus einem anderen Grund wütend? Ich möchte gern dabei sein, ich hoffe, dass es gute Nachrichten gibt, dass Papa schnell nach Hause darf, vielleicht sogar noch, während ich da bin? Ich gönne ihm sein eigenes Bett, sein sauberes Bettzeug.

Meine Mutter muss darüber lachen, was bist du doch für eine liebe Tochter, sagt sie voller Überzeugung. Ich starre aus dem Fenster. Der Tag ist bewölkt, wodurch die Menschen noch düsterer wirken, als hätten sie die Farbe der Wolken angenommen – der Bus bewegt sich durch die Stadt, die von den Blicken ihrer Einwohner versauert, was noch übertroffen wird von beängstigend kahlen Bäumen. Als wir an einem protzigen Barockgebäude vorbeifahren, frage ich meine Mutter, ob es denn leer stehe, welche Funktion es derzeit eigentlich habe. Ihr Lächeln hat sich wieder zwischen ihren Falten versteckt, sie wirft mir einen ärgerlichen Blick zu, Lenin hat dort einmal gewohnt, das wirst du doch in der Schule gelernt haben?

Ich kann mich nicht erinnern, nein, aber jetzt, es sieht so verlassen aus, ist es ein Regierungsgebäude?

Meine Mutter weiß es auch nicht genau, eine Frau, die hinter uns sitzt, gibt die Antwort. Es steht in der Tat leer.

Siehst du, flüstert meine Mutter auf Slowakisch, du kannst nicht laut sprechen.

Die paar Worte verstehe ich noch und gebe zu, dass auch ich erschrocken bin. Ganz normal auf Russisch sage ich, dass mir auffalle, dass alles Flachbauten seien, erst jetzt, nachdem ich so lange im Westen lebte, gehe mir auf, wie merkwürdig das sei, eine Stadt mit mehr als fünf Millionen Einwohnern, und nichts rage wirklich in die Höhe. Sie schweigt in sieben Sprachen, greift dann vorsichtig nach meiner Hand und sagt, sie habe Angst, dass Papa nicht mehr gesund werde.

Aber sicher, sage ich überzeugt und presse mit meiner Hand fest die ihre. Schließlich wurde ich nicht umsonst mit der Überzeugung großgezogen, dass am Ende alles gut wird.

Die Frau auf der Bank hinter uns mischt sich wieder ein. Welche Sprache wir denn sprächen, ob wir Ausländer seien. Meine Mutter verkrampft sich, ich spüre es in meiner Hand. Als ob sie aus Holz geschnitzt wäre, bewegt sie sich nicht mehr, sie scheint einer unwichtigen alten Person aus dem Bus nicht gewachsen zu sein. Ich drehe mich sofort um und frage, ob sie ein Problem habe.

Sie gibt ein unverständliches Murmeln von sich. Zufrieden sehe ich wieder nach vorn und starre erneut aus dem Fenster. So. Wenigstens das habe ich gelernt, in Amsterdam.

Auf sein Kissen gestützt, sagt mein Vater, dass wir zu spät kämen. Der Ton klingt streng. Ich bleibe eine Sekunde stehen, und er sieht meinen Schreck. Ach mein Liebes, und er beginnt zu lächeln, ich habe keine Armbanduhr, und hier gibt es keine Uhr, aber ich habe auf euch gewartet. Damit hat er mich in der Hand, ich schließe daraus, dass er besser in Form ist als gestern. Guten Morgen, Papa, sage ich und gebe ihm einen Kuss auf die Wange. Ich lehne an seinem Krankenhausbett, während ich hinter mir meine Mutter ein paar slowakische Worte mit Pavel wechseln höre, den ich noch nicht einmal begrüßt habe.

Wie ich denn geschlafen hätte, in meinem eigenen Bett, fragt mein Vater.

Dass er das fragt. Prima, Papa, es ist schön, zu Hause zu

sein, obwohl es seltsam ist ohne dich. Bedächtig drückt er meine Hand.

Du kannst dir nicht vorstellen, wie gut es mir tut, dass du da bist, mein Liebes.

Zum Glück sitze ich immer an Vaters linker Seite, zwischen seinem Bett und dem von Pavel, wodurch er nicht ständig offenbaren muss, dass seine rechte Hand nicht richtig funktioniert. Als ich meine Hand in die seine lege, schmilzt das allerletzte Stückchen Offizierseis. Pavel hat meiner Mutter ausgerichtet, dass die Ärzte im Lauf des Vormittags kommen wollen, darüber hat ihn die Schwester schon informiert. Meine Mutter dankt ihm für den Hinweis.

Ob sie vielleicht auf dem Stuhl neben Papas Bett sitzen möchte, frage ich höflich, dann hole ich mir einen anderen.

Gern, Kind, sagt sie, und ich gehe zum Platz des abwesenden Pflegers, als würde ich schon seit Monaten in diesem System mitlaufen.

Ich kann mich nicht erinnern, je so lange mit meinen beiden Eltern, ohne meinen Bruder, ohne irgendeinen anderen Menschen dabei – ja, dieser Pavel liegt daneben, aber vor allem mein Vater und ich tun so, als könnte er uns nicht hören –, ich kann mich nicht erinnern, dass ich mich je so ruhig mit ihnen unterhalten hätte. Über Reuben und seine Schule, über den langen Schulweg und den Rattenschwanz, der damit zusammenhängt. Ich erzähle von unserem ersten Besuch beim Zahnarzt, man kann nie wissen, er könnte gut eines Tages Zahnarzt werden. Mein Vater sieht nicht ein, warum das nicht möglich sein sollte, es ist doch ein kluges Kind, er macht sich überhaupt keine Sorgen.

Mir tut das Vertrauen gut, das er in Reuben setzt, sogar ohne ihn persönlich zu kennen. Ich möchte so gern, dass er trotzdem seinen Weg findet, dass er ein glückliches Kind wird, ein glücklicher Mensch.

Meine Mutter seufzt. Es liege vor allem an den Umständen, in die das Kind gerate, und an welchen Ort, das könne man doch nicht weiter beeinflussen.

Nun, teilweise schon, ich bestimme doch, welche Schule er besucht? Wir versuchen doch, gut für ihn zu sorgen?

Ich kann es nicht ausstehen, wenn meine Mutter so tut, als ob das Leben nichts anderes wäre als ein Zusammentreffen von Umständen, auf die man keinen Einfluss hat. Mein Vater ist meiner Meinung, aber er hat Schwierigkeiten, die richtigen Worte zu finden. Er ärgert sich, seine Stimme wird lauter – wie immer, wenn er gereizt ist –, und jetzt versucht er, sich in seinem Bett aufzusetzen, er stützt sich auf den guten Arm, und er schafft es, jetzt sitzt er. Mit der guten Hand tippt er sich an den Kopf. Das Wägelchen ist kaputt. Das Wägelchen, das an der Landschaft der Gedanken vorbeifährt, ist kaputt. Die Gedanken sind noch da, aber er kann sie nicht mehr gut in Worte fassen.

Beruhige dich doch, Vadim, sagt meine Mutter, es wird allmählich immer besser, das haben die Ärzte auch schon gemeint, es braucht nur Zeit und viel Übung.

Ich nicke, wir werden dafür sorgen, dass die Räder wieder repariert werden, Papa, und dann flitzt das Wägelchen wieder an den Landschaften deiner Gedanken vorbei.

Die Augen über seinen eingefallenen Wangen verraten Zorn, er scheint sich nicht damit abzufinden.

Ich werde es gleich diesen Mann fragen, sagt er, wie heißt er nur, dieser Mann, ich frage ihn, ob es auch schlimmer werden kann, ob es noch einmal passieren kann. Und wenn es dann noch einmal passiert, ob er dann bitte mein Wägelchen zum Verschrotten bringt.

Doktor, sagt meine Mutter, Doktor Galin.

Ja, Doktor, wiederholt er.

Als der Arzt seine Visite macht, sagt meine Mutter, dass Vater Mühe mit dem Sprechen habe. Am einen Tag ein bisschen mehr als an anderen.

Doktor Galin nickt. Das gehört dazu, es ist sehr frustrierend, wir sehen das jedes Mal wieder, aber es gehört dazu.

Na, welch eine Erleichterung. Es gehört dazu. Ich kann es Reuben erklären, wenn er später groß ist, dass er eben nie ein Wägelchen bekommen hat, um damit an seinen Landschaften vorbeizufahren. Und dass das dazugehört. Jahr für Jahr werden solche Kinder geboren. Es gehört dazu. Wenn er nur nicht fragt, wozu.

Sie sprechen über seinen rechten Arm, mein Vater muss die Hand heben, der Arzt betastet die Finger. Und dann stellt mein Vater die Frage, wie ein ängstliches Kind, man sollte nicht meinen, dass hier im Bett ein Offizier liegt. Der Arzt schweigt einen Moment und gibt dann Antwort. Eine ehrliche Antwort, sagt er unaufgefordert, als ob sie ihre Patienten sonst meist anlügen würden. Ja, es kann noch einmal passieren. Die Chance, dass erneut ein Verschluss des Blutgefäßes auftritt, ist relativ hoch. Einer von drei Patienten bekommt innerhalb von fünf Jahren einen vergleichbaren Infarkt, deshalb haben wir gleich medikamentös behandelt, das machen wir bei allen Patienten nach einem Schlaganfall, sofort Medikamente geben, um die Blutgerinnung zu beeinflussen. Und ja, natürlich, wenn es noch einmal passieren sollte, ist noch mehr beschädigt, und es braucht noch mehr Zeit für die Genesung, aber auch dann könnte nach einer gewissen Zeit wieder alles ins Lot kommen.

Mein Vater schweigt. Auch meiner Mutter verschlägt es

kurz die Sprache. Wie groß denn diese Chance sei, dass die Medikamente einen solchen Anfall verhindern könnten, frage ich.

Doktor Galin verzieht den Mund. Das lässt sich nicht genau vorhersagen. Es ist auch schwer zu untersuchen. Ich habe nicht vor, mit ihm über die Untersuchungsmöglichkeiten zu diskutieren, ich bin mir sogar sicher, dass diese Ergebnisse längst bekannt sind, und wenn nicht hier, dann eben im Westen, aber okay, er weiß es nicht und lässt sich auch nicht weiter darüber aus, also ist es besser, wenn wir das Gespräch beenden. Meiner Mutter zufolge schauen verschiedene behandelnde Ärzte der Abteilung zur Visite vorbei, wer weiß, vielleicht kommt nächstes Mal einer, der mehr Ahnung hat.

Das stimmt so nicht, denke ich bei mir, er wirkte sehr seriös und glaubwürdig, wir wollten nur gern eine andere Antwort hören, vielleicht hat es damit zu tun. Wir schütteln ihm die Hand, und nachdem der Arzt den Raum verlassen hat, ist es auffallend still.

Fast eine Stunde nach Galins Visite liegt mein Vater noch immer niedergeschlagen da. Pavel hat inzwischen eine lebhafte Konversation mit meiner Mutter angefangen, ich bleibe an Vaters Bett sitzen, mit dem Rücken zu ihnen. Mein rechter Fuß dreht sich ständig im Kreis, ich kann ihn einfach nicht ruhig halten. Vor Erschöpfung lässt Papa die Lider sinken. Und zugleich wirkt er wie in Gedanken versunken, als versuche er, Wort für Wort zu verarbeiten, was der Arzt gesagt hat. Denkt er an ein nächstes Mal? Die Vorstellung, dass es wieder passieren kann, ist beängstigend, vor allem nachdem wir jetzt begriffen haben, dass bei einem solchen Anfall Gehirnzellen angegriffen werden, die sich nicht regenerieren können.

Wie denn eine körperliche Genesung eintreten könne, hatte meine Mutter gefragt. Anscheinend übernehmen andere Zellen die Aufgaben. Vaters hängende Unterlippe verrät seine Anspannung. Ich tue mich schwer damit und weiß nicht recht, was ich sagen soll. Vielleicht muss ich ja gar nichts sagen, ist es genug, an seinem Bett zu sitzen.

Lunia, sagt er unerwartet.

Ja, Papa.

Komm doch ein bisschen näher zu mir.

Ich kann nicht noch näher kommen, oder doch, ich kann meinen Kopf eine Spur vorbeugen, über den Bettrand.

Weder Pavel noch meine Mutter bemerken die Bewegung.

Ich muss mit dir reden, flüstert er, aber zuerst muss ich ein bisschen schlafen.

Behutsam stehe ich auf, gebe ihm einen Kuss auf die Wange und sage, bis morgen, ich komme so früh wie möglich wieder.

Papa möchte gern schlafen, wispere ich. Meine Mutter erhebt sich und sagt ihm Auf Wiedersehen.

Wir brechen auf.

Was Pavel alles zu erzählen gehabt habe, frage ich beim Warten an der Bushaltestelle. Meine Mutter lächelt.

Warum unterhaltet ihr euch nicht in deiner Sprache, dann muss er nicht ständig flüstern?

Sie schüttelt den Kopf. Das ist respektlos, Lunia.

Aber Pavel flüstert, das ist doch mindestens genauso respektlos?

Meine Mutter betrachtet mich kopfschüttelnd. Pavel hat mit dem Kommunismus nicht viel am Hut, und das muss man nicht von allen Dächern rufen. Und außerdem, fügt sie hinzu, ist seine Lunge nicht in Ordnung, er kann oft nicht lauter sprechen.

Ich nicke, zu mir hatte er auch schon geflüstert, kurzatmig, aber ich hatte mir nichts dabei gedacht.

Stört es Papa denn nicht, dass er so redet?

Sie sagt, nein, es macht ihm nichts aus.

Dann starrt sie vor sich hin und beginnt leise zu sprechen. Eines Morgens fragte er, ob ich die Schusswunde in seinem Unterschenkel sehen wolle.

Er liegt doch wegen seiner Herzprobleme hier?

Er wartet auf eine Operation, antwortet sie, aber zuerst muss seine Lunge sauber sein. Vielleicht hatte meine Mutter nicht recht verstanden, warum er dort so lange lag. An diesem Morgen blieb er dabei, dass er eine Schusswunde habe und ich sie ansehen solle, erzählt sie. Den wahren Hergang würde er mir hinterher verraten. Vorsichtig zog er die Pyjamahose ein Stückchen nach oben. Auf seinem Schienbein war tatsächlich eine riesige Narbe, ich wollte sie gar nicht ansehen.

Und?

Er begann zu strahlen, du machst dir keine Vorstellung, Lunia, als hätte er schmerzlich auf diesen Moment gewartet. Sie hätten nur auf die Unterschenkel geschossen, sagte er. Ob ich mich daran erinnern könne. Ich wagte nicht gleich, darauf einzugehen, ich wusste ja nicht, wer mich hören konnte, aber natürlich erinnerte ich mich, dass die Russen den Auftrag hatten, bei den Demonstrationen nur auf die Unterschenkel zu zielen.

Warum haben sie denn geschossen?

Sie seufzt und sieht mich an. Ich habe gesagt, dass es beeindruckend aussehe, fährt sie fort. Das hören Männer gern, dass ihre Verwundungen und Narben beeindruckend aussähen. Er hatte Plakate geklebt, erzählte er dann, in der ganzen Stadt, Dutzende von Plakaten. Da bekam ich es mit der Angst zu tun. Für das, was er erzählen wollte, ist selbst Flüstern zu laut. Mit einem Mal fühlte ich wieder diese Angst. Vor den Russen war keine Tür, keine Wand oder Decke sicher. Du weißt, bestimmte Dinge bespricht man nicht innerhalb der vier Wände, auch nicht in einem Krankenhauszimmer. Woher soll ich denn wissen, ob nicht jemand hinter der Tür lauscht? Ihre Stimme klingt nervös, ganz anders als eben noch, als sie ruhig von Pavel erzählte.

Niemand hört uns, Mam, sage ich im Versuch, sie zum Weiterreden zu bewegen, wer weiß, vielleicht erzählt sie endlich einmal etwas von sich statt immer nur die Geschichten von anderen. Lew hat mich einmal darauf aufmerksam gemacht, merkst du, dass Mama immer nur die Geschichten von anderen erzählt? Wenn er wüsste, dass ihr fast übel wurde, als sie in dieser Woche kurz davor stand, von sich selbst zu erzählen. Ihn würde das nicht wundern. Pavel ist das egal, der pfeift sowieso auf alles.

Warum sie denn so mit ihm spreche, wenn sie es doch eigentlich nicht möchte, frage ich schlicht. Sie schweigt und dreht den Hals schräg zur Seite, um sich mit dem Busfahrplan zu beschäftigen.

Ob ich sie noch kurz zum Kusnetschny-Markt begleiten wolle, bevor wir nach Hause gingen. Heutzutage wimmele es dort von Kaukasiern, sie versuchten, einem alles Mögliche anzudrehen.

Dann hat sich doch nichts geändert. Was sie dort kaufen möchte, frage ich.

Ach, vor allem ein bisschen Obst. Äpfel. Birnen. Ich war schon die ganze Woche nicht mehr dort. Und für Papa nehmen wir noch Bananen mit.

Ich bezweifele, dass er sie allein schälen kann.

Endlich kommt der Bus. Ob er auch am Kusnetschny-Markt halte, frage ich.

Ja, in der Nähe, sagt sie. Sie hievt ihren Körper die paar Stufen hoch, nickt dem Fahrer zu und holt die passenden Münzen aus ihrer Manteltasche. Dass wir zu zweit seien, fügt sie hinzu. Keinerlei freundliche Reaktion, kein Blick, kein Lächeln, rein gar nichts, der Fahrer zählt das Kleingeld nach. Die grauen Furchen neben und über seinen Augen sind wie in einen Baumstamm gekerbt. Als ich auf seine buschigen Augenbrauen starre, höre ich meine Mutter ärgerlich fragen, warum ich nicht weiterginge.

Was für ein Scheusal, denke ich, während ich ihr durch den Bus folge. Meiner Ansicht nach hat er nur ein halbes Gebiss. Und selbst für hiesige Verhältnisse schaut er ungeheuer finster drein. Vielleicht liegt es an den hängenden Lidern. Oder an den merkwürdigen Brauen.

Dass ich die Leute nicht so anstarren solle, sagt sie, während sie das Schloss ihrer roten Halskette mit der rechten

Hand verschiebt, es muss immer an genau derselben Stelle in ihrem Nacken liegen.

Ich habe nur kurz seine Augenbrauen angesehen!

Sie schüttelt den Kopf. Du und die Augenbrauen.

Ich und die Augenbrauen, was soll das heißen?

Als du ungefähr fünf Jahre alt warst, seufzt sie, hast du gefragt, ob Gott auch Augenbrauen habe.

Sie hebt die Schultern, lächelt einen Moment, dann kehrt rasch wieder ein ernster Ausdruck in ihre Miene zurück. Du darfst wirklich nicht so starren, Lunia, du musst nicht so verwundert tun.

Was denn daran so schlimm sei, frage ich, als ob jeder gleich weiterginge, nachdem der Fahrer das Geld genommen hat. Ihr Kopf macht übertriebene Nickbewegungen. Genau, Lunia, jeder geht gleich weiter. Denk nur an Dubček.

Meine Mutter schiebt sich weiter, lässt sich auf eine leere Bank fallen und signalisiert mir mit der Hand, dass ich mich neben sie setzen soll. Diesmal hat sie den Fensterplatz.

Meine Hüfte stößt gegen ihre. Sie beginnt zu wispern. Das sagt dir natürlich wieder nichts. Wenn Dubček nicht hört, geht es schlecht aus. Mit diesem Satz wurden wir großgezogen. In den sechziger Jahren. So hat man mit uns gesprochen.

Und? Hat Dubček gehört? Sie wendet den Kopf ab, weg von mir. Ihr Knoten lacht mir zu.

Nein, Kind, er hat nicht gehört, und deshalb ging es schlecht aus, sagt sie mit noch immer abgewandtem Gesicht. Erst als sie mir wieder die Wange zudreht, sehe ich ihre verdüsterte Miene.

Um das Thema zu wechseln, erzähle ich ihr von der Straßenbahn in Amsterdam, die ich im Winter nehme. Dass der Fahrer eines Morgens durchsagte, dass an der nächsten Haltestelle Kontrolleure warteten. Beim Öffnen der Türen stürzten alle aus der Straßenbahn. Ist das nicht großartig, Mama? Ich konnte mir das Lachen nicht verkneifen und empfand sogar einen gewissen Stolz, zu einem Volk gehören zu dürfen, wo diese Mentalität nicht bestraft wurde. Nun ja, gang und gäbe war es nicht gerade, aber allein die Tatsache, dass so etwas überhaupt möglich ist, hat mich tief beeindruckt. Sie findet die Geschichte befremdlich, schließlich müssen Fahrgäste, die nicht bezahlen, ein Bußgeld bekommen.

Wie russisch du doch bist, Mama!

Die Bemerkung gefällt ihr gar nicht.

Plötzlich tippt sie mich an und reckt den Zeigefinger in die Luft, ich soll kurz zu dem großen Gebäude sehen, meine Mutter beginnt sachte zu strahlen und zu erzählen.

Das erste Mal hast du dieses Gebäude betreten dürfen, als dort ein Kinderkonzert gegeben wurde. Du hast Mund und Nase aufgerissen. Als du die riesige Orgel an der Wand entdeckt hast, hast du gefragt, ob in diesem Schloss auch Leute wohnten. Ich erinnere mich an meine Verblüffung, jahrelang hatte ich diese Orgel gesehen, ohne dabei auch nur einmal an ein Schloss zu denken. Seit deiner Frage konnte ich die Orgel nie mehr anders sehen. Du konntest gar nicht genug bekommen, sogar zu Hause, am Nachmittag, deine vielen Fragen! Zum Stöckchen des Dirigenten, zu den Streichern, die immer wieder gleichzeitig einsetzten, und zu den großen Trommeln, die dich erschreckt hatten. Noch abends beim Schlafengehen hast du gefragt, weshalb denn auf dem Klavier kein Buch gestanden habe wie bei allen anderen Leuten auf dem Podium.

Ich habe eine vage Erinnerung. Nicht, dass ich das Gebäude von außen erkannt hätte, meiner Ansicht nach haben sie es renoviert, es erstrahlt in neuem Glanz, aber diese Orgel, jetzt, wo sie es erzählt. Auch die Farben des Gebäudes sind völlig anders als in meiner Erinnerung, die Steine sind offenbar mit dem Sandstrahler behandelt, die Vergoldung wurde neu aufgetragen, es sieht völlig anders aus. Komisch eigentlich, dass ich später nie mehr dort war, nie mehr zu einem Konzert mitgegangen bin.

Dann fragt sie, ob ich den Platz dort sähe. Ich nicke, aber sicher.

Dort sei sie früher oft spazieren gegangen. Als es noch kein Platz war, gab es dort Straßen. Damals, als Lew ein Baby war, ging sie oft in der Gegend einkaufen, denn mit dem Kinderwagen war der Markt zu unpraktisch. Plötzlich aber musste es mehr Plätze geben, und heute geht kein Mensch mehr dorthin, sagt sie ärgerlich.

Ich beuge mich ein wenig vor, schaue ebenfalls rechts aus dem Fenster und sehe tatsächlich, wie verlassen der Platz daliegt. Mir fallen die Haare ins Gesicht. Ich schiebe ein paar Strähnen beiseite und nehme mir vor, zu Hause nachzusehen, ob Dubček nun ermordet wurde oder verunglückt ist, ich kann mich nicht erinnern.

Woran ich dächte, will sie wissen, aber ich werde nicht noch einmal damit anfangen.

Ich denke an das, was du gesagt hast, über die leeren Plätze. Bist du dort auch mit mir spazieren gegangen, als ich ein Baby war?

Sie schüttelt den Kopf und schaut mich starr an, dann schlägt sie den Blick nieder. «Damals ging ich nicht spazieren.»

Sie hat für mich ein weiches Ei gekocht und erwartet mich am Frühstückstisch. Mir scheint, sie genießt es, dass ich da bin. Und trotzdem hat sie immer diesen reservierten Ausdruck im Gesicht, sogar jetzt, an unserem kleinen Frühstückstisch. Zugleich strahlt sie etwas Liebes aus, komm setz dich doch, dann essen wir zusammen ein Frühstücksei. Während sie ihr Haar an der Seite glatt streicht, sagt sie, dass ich schön aussähe, ich erinnerte sie an früher, sie habe auch oft solche kurzen Röcke getragen, damals, wohlgemerkt, hier sei das nicht üblich gewesen. Heute sehe man es überall, Mädchen in kurzen Röcken, mit geschminkten Lippen, knallrot, als ob sie mit dem Rot betonen wollten, was ihre Lippen nicht zu sagen wagten.

Ach Mama, Frauen werden auch hier nicht mehr wirklich unterdrückt, sage ich schläfrig.

Da ist sie anderer Meinung, hat aber offenkundig am Frühstückstisch keine Lust auf diese Diskussion. Beim Teeeingießen sagt sie, dass wir einen späteren Bus nehmen könnten, Papa werde heute Vormittag gewaschen. Wenn die Patienten gewaschen werden, soll das nicht vor unserer Nase passieren, also können wir genauso gut in aller Ruhe frühstücken.

Unschlüssig, ob ich den Tee trinken soll – zu Hause nehme ich immer Kaffee, bevor ich das Haus verlasse –, spüre ich eine Büroklammer, die noch unten an meinem Rocksaum hängt. Ich muss lachen. Mutter bekommt einen Schreck.

Vorsichtig ziehe ich sie vom Rock ab und zeige ihr die schwarze Büroklammer. Sie zieht die Brauen hoch.

Wenn ich mit Kunden und Papierkram beschäftigt bin, erkläre ich ihr, nach einer Besichtigung, oder manchmal mit den Männern von der Stadtverwaltung, die auch meist einen Stapel Formulare mit sich herumschleppen, befestige ich das Ding oft zwischenzeitlich am Rock, damit ich es nicht verliere. Anfangs habe ich ständig meine Büroklammern verloren, und das schien mir der geeignete Platz. Aber eine schwarze Klammer wie die hier, auf einem dunklen Rock, das bringt nicht viel. Wenn ich eine Hose trage, stecke ich sie in die Hosentasche.

Meine Mutter schlürft vorsichtig ihren Tee und versteht nicht recht, was ich ihr eigentlich erklären will. Sie fragt, ob es mir schmecke. Ich habe noch kaum einen Bissen genommen, ihre Frage bedeutet, ich solle weiteressen.

Während ich Butter auf das harte Brot streiche, fragt sie, wie es mir gestern gefallen habe, wieder einmal auf dem Kusnetschny-Markt.

Gut, antworte ich. Als ich im Bett lag, fiel mir ein, dass ich dich noch hatte fragen wollen, wer die Dame war, der du zugenickt hast, als du die Bananen ausgesucht hast.

Einen Moment schaut sie mich verwundert an – Frau? Bananen? –, dann sehe ich, dass sie sich erinnert, wen ich meine. Das war Mischa Buklews Mutter.

O je, Mischa Buklew, meine erste Liebe. Mir schießt das Blut in die Wangen, nur gut, dass sie mich gestern nicht dieser kleinen grauen Dame vorgestellt hat, mein erster Kuss hätte sich sofort wieder in meinem Kopf abgespielt. Und Schnürsenkel, ich muss gleich an Schnürsenkel denken. Er konnte sie nicht selbst knoten, in der Grundschule. Und weil ich sie immer für ihn schnürte, lernte er es auch nicht. Was macht er eigentlich heute, Mama?

Langsam stellt sie ihre Teetasse auf die Untertasse zurück. Sie verschränkt die Arme und betrachtet mich mit düsterem Blick. Er ist einer der vielen jungen Männer, die nicht mehr aus Tschetschenien zurückgekommen sind. Das heißt, nicht lebendig.

Mein Gott, Mama.

Das gilt für viele von ihnen. Sie erzählt, dass viele Leichen nicht einmal als ganze Körper zurückgebracht wurden. Manchmal nur ein Rumpf, ein Kopf, eine Hand.

Und ich habe gedacht, sage ich, während sich mir der Magen umdreht, er müsste nicht zum Militär, weil er keinen Vater mehr hat? Lew hatte mir einmal erklärt, Mischa würde als ältester Sohn als Hauptverdiener eingetragen, weshalb er arbeiten und nicht zum Militär müsste.

Meine Mutter nickt. Aber keinen Militärdienst abzuleisten ist hier ein großer Nachteil für dein weiteres Leben. Ja, und jetzt hat er kein weiteres Leben, aber man kann es verstehen, dass sich die Jungs doch zum Militär melden. Wenn du dort keine Kontakte geknüpft hast, bekommst du später Probleme, überall. In den Geschäften, auf der Straße, im Rathaus. Sie seufzt und verfällt in einen strengen Ton. Dein Vater hat dir doch oft genug erzählt, dass das Heer das Herz von allem ist?

Mit einem Stückchen Brot voller Eigelb in der Hand schaue ich sie an. Ich weiß, ich weiß. Der Mischa. Und seine Mutter macht Einkäufe.

Meine Mutter lächelt. Einfach deine Bananen wiegen. Sonst wirst du verrückt.

Verrückt, wiederholt sie leise.

Sie umklammert wieder ihr Teeglas. Wir frühstücken.

Pavel fragt, wann ich in die Niederlande zurückfliege.

Das ist ja nett, wollen Sie mich schon wieder loswerden?

Er lächelt, er ist einfach neugierig. Er merkt, wie sehr es meiner Mutter mit mir gefällt, eigentlich fragt er ihretwegen.

Übermorgen ist mein letzter Tag. Und danach kommt mein Bruder wieder nach Sankt Petersburg.

Während ich es ausspreche, ärgere ich mich, dass Lew nicht früher gekommen ist. Ich hatte ihn eigens angerufen, um mich für diese Woche wieder einmal mit ihm zu verabreden, aber er hatte zu viel zu tun. Vor allem seine Freundin war ein Problem. So geht das in Moskau, hatte meine Mutter erklärt, die denken dort, sie hätten das Sagen. Daraufhin fragte ich nach, ob sie oft dorthin fahre. Übertrieben hatte sie den Kopf geschüttelt. Nie, sagte sie.

Mein Vater klagt über das Pflegepersonal. Ob ich jemals jemanden auf dem leeren Stuhl mitten im Zimmer hätte sitzen sehen. Und heute Morgen haben sie das Waschen ausfallen lassen, der Ärger steht ihm im Gesicht. Er bittet meine Mutter, etwas zu unternehmen, vielleicht kann sie in den Korridor gehen und es regeln oder wenigstens einen Pfleger an sein Bett holen, dann regelt er den Rest allein. Sie könnte ihn auch gern selbst waschen, schlägt sie vor. Meine Mutter, die meinen Vater waschen möchte, weil er es selbst nicht mehr kann. Er schüttelt den Kopf, das ist die Arbeit des Pflegepersonals. Ohne sich gesetzt zu haben, verlässt Mutter das Zimmer.

Zum ersten Mal scheinen mein Vater und Pavel ein wirkliches Gespräch zu führen, das heißt, in meiner Anwesenheit. Sie klagen über die Abteilung und bestärken sich gegenseitig in ihrer Wut.

Ich sage, so schlimm ist es doch nicht, die Pfleger arbeiten schrecklich hart, es müssten einfach mehr Leute eingestellt werden.

Dafür ist kein Geld da, klagt Pavel.

Ich bin früher aufgestanden. Sie musste mich nicht einmal wecken. Oder ist es schon spät? Ich gehe zum Schlafzimmer meiner Eltern. Sie sitzt aufrecht im Bett, die rechte Hand an der Schläfe. Mit leiser Stimme wünscht sie einen guten Morgen. Ihr hellblaues Nachthemd ist ihr ein bisschen weit, die Decke hat sie ein Stück nach unten geschoben, es ist stickig im Zimmer. Sie sagt, dass sie kaum aufstehen könne, in ihrem Kopf hämmere es, das Stechen lasse sie seit tief in der Nacht keine Ruhe finden.

Hättest du mich doch gerufen, Mamička.

Sie schüttelt den Kopf, doch dieses Schütteln scheint sie noch mehr zu quälen, ihre Mund- und Augenwinkel wirken völlig verspannt.

Wo die Kopfschmerzen denn so plötzlich herkommen, frage ich.

Sie hat keine Ahnung, will aber versuchen aufzustehen, Papa warte schließlich auf uns. Ich könnte heute ja auch einmal allein gehen, schlage ich vor.

Sie meint, dass er es nicht so schön finde, wenn sie nicht mit dabei sei, und außerdem möchte sie mich nicht allein gehen lassen, angeblich kenne ich noch kaum den Weg.

Na hör mal, Mama, so schwierig ist das auch wieder nicht. Ich versuche sie davon zu überzeugen, sie könne doch froh sein, dass ich jetzt da sei. Ich kann ihn besuchen, stell dir vor, weder Lew noch ich wären da, dann müsstest du dich zwingen, aus dem Bett zu kommen, dich anzuziehen, um ins Krankenhaus zu hetzen.

Ruh dich doch ein bisschen aus, Mamička, ich bin bald wieder zurück, und wenn es dir besser geht, können wir heute Nachmittag noch einmal zu zweit zu Papa, einverstanden?

Sie erklärt sich einverstanden und lässt sich tiefer in die Kissen sinken. Als sie sieht, dass ich die Gardine aufziehen will, sagt sie, ich solle sie besser geschlossen lassen, das Tageslicht störe.

Ich verlasse ihr Zimmer und gehe ins Badezimmer. Dass ich nicht vergessen solle, Papas Besteck nach Hause mitzubringen, ruft sie mir noch nach. Was einen Menschen so alles beschäftigen kann, denke ich, während ich zurückrufe, natürlich, wird erledigt. Ich drehe den Wasserhahn auf, hier muss das Wasser immer erst ein paar Minuten laufen, bevor es heiß wird. Als ich unter der Dusche stehe, merke ich, dass ich mich darauf freue, Papa allein zu besuchen.

Der Patient, der zwei Betten weiter neben meinem Vater gelegen hatte, wurde offenbar heute entlassen. Jedenfalls ist das Bett leer, und die Laken sind straff gespannt.

Zuerst fragt Pavel, wo meine Mutter sei. Nach meiner kurzen Erklärung wirkt er enttäuscht. Er hatte sie erwartet, aber jetzt, wo keiner zum Reden da ist, verlässt er den Raum. Versucht, ein paar Schritte im Flur zu gehen. Ich finde, das ist eine gute Idee, denn ich habe nicht vor, mich an sein Bett zu setzen. Das zufriedene Lächeln meines Vaters tut mir gut. Aber zuerst helfe ich Pavel, die Füße in seine Pantoffeln zu schieben, damit scheint er Mühe zu haben. Ob ich ihm einen Morgenmantel reichen solle, frage ich, aber er findet es warm genug. Und außerdem sei es eigentlich nicht erlaubt, ohne Morgenmantel das Zimmer zu verlassen, Regeln sind Regeln, sagt er mit einem Schalk in den Augen, deshalb finde er es umso schöner. Das kann er halten, wie er will, ich helfe ihm aus dem Zimmer.

Als er davonschlurft, sagt mein Vater: Den sind wir los. Wir lachen. Ob es schlimm sei mit Mama, fragt er besorgt. Ich schüttle den Kopf, es geht vorüber, sie schläft schlecht, davon kriegt man so was.

Dass sie immer schlecht schläft, sagt er. Er findet das schrecklich, sie hat nie eine richtig gute Nachtruhe. Mach dir jetzt keine Sorgen, Papa, erzähl mir doch, wie geht es dir, wie fühlst du dich?

Er lächelt. Es muss ja gehen. Aber jetzt, wo ich von den Ärzten gehört habe, dass es immer wieder passieren kann, bin ich mir bewusst, wie viel ich noch wert bin. Weißt du übrigens noch, wie dieser Arzt heißt, mein Liebes?

Galin.

Ach ja, sagt er, Galin, ich kann es mir einfach nicht merken. Aber gut. Er sagt, dass es wieder passieren könnte. Es kann alles so schnell zu Ende sein.

Ich schüttle den Kopf, im Gegenteil, wir müssen dafür sorgen, dass du wieder der Alte wirst. Worauf ich meine Zuversicht gründe, weiß ich nicht, aber ich will den Mut nicht verlieren. Jetzt, wo meine Mutter nicht da ist, oder gerade jetzt. Seine Miene ist düster. Von dem Offizier, der sich nicht unterkriegen lässt, ist nichts mehr übrig. Ob hier wirklich keiner sei, fragt er.

Ich sehe mich übertrieben im Zimmer um, nein, wirklich nicht, wieso? Brauchst du etwas?

Ich selbst hätte Lust auf einen Kaffee. Ich habe nichts gegessen, bevor ich aus dem Haus ging, ich wollte keinen Lärm machen, Mama war wieder eingeschlafen.

Ob ich ein bisschen näher rutschen könne, fragt er. Das fragt er immer, dabei sitze ich praktisch schon auf seinem Bett. Wie spät es sei, will er wissen.

Ich sehe auf meine Uhr. Viertel nach neun.

Ob Viertel nach neun zu früh sei für ein Gespräch zwischen Vater und Tochter, fragt er. Ich schüttle den Kopf.

Er hat es also nicht vergessen.

Das dachte ich mir, sagt er zufrieden, dafür ist es nie zu früh, es kann nur zu spät sein. Ich muss dafür sorgen, dass es nicht zu spät ist, mein Liebes, solange mein Wägelchen noch nicht verschrottet ist, sagt er entschieden. Wenn mir das noch einmal passiert, Lunia –

Sieh her, sagt er und versucht, seine gelähmte Hand zu heben, mit dem Rest kann leicht genau dasselbe passieren. Übergangslos, wie bei meinen Kameraden, die plötzlich zusammenbrachen. Die Kugel traf sie von außen, bei mir ... bei mir steckt sie unter der Haut. Ich kann mich nicht verteidigen.

Es tut mir weh, ihm zuzuhören. Er spricht langsamer als sonst. Das eine Lid hängt ein bisschen tiefer, wodurch es wirkt, als könnte er mich nicht richtig ansehen. Aber es gibt gewisse Fortschritte, er spricht schon besser als vor ein paar Tagen, nur seine Stimme klingt nach wie vor bedrückt, mutlos. Ich versuche, mich noch näher zu ihm zu setzen. Er holt tief Luft und bittet dann, dass ich seine Hand halte, worauf seine Stimme noch leiser klingt, ich kann ihn kaum noch verstehen.

Ob ich denn wisse, fragt er, warum sie so schlecht schlafe.

Nein, ich habe keine Ahnung.

Deine Mutter denkt zu viel an früher. Er sieht mich an. Am liebsten würde ich ihn bitten, ein bisschen lauter zu sprechen, aber ich wage es nicht, schon jetzt scheint es ihn viel Kraft zu kosten. Und darüber haben wir noch nie gesprochen, ich verstehe auch nicht, warum es jetzt unbedingt sein muss. Sie schläft einfach schlecht, darunter leiden viele ältere Leute, weshalb muss jetzt so viel Aufhebens darum gemacht werden?

Angespannt klemme ich meine Beine zusammen, meine Füße stemmen sich auf den Boden.

Sie unterhält sich gern mit dem Mann im Bett nebenan, flüstert er, weil er sie an früher erinnert, nicht an die schwere Zeit, sondern an die davor, an ihre Jugend. Du weißt schon, was ich meine. Ich nicke, ohne «in der Tschechoslowakei» zu sagen, ich will ihn nicht unterbrechen. Aber ihre eigene Mutter war eine Halbrussin, deshalb beherrschte sie auch unsere Sprache. Und trotzdem blieb deine Mutter immer eine Außenseiterin. Ja, daran musste ich sie dann erinnern.

Das hat sie mir nie erzählt, Papa.

Wir halten uns noch immer an den Händen. Seine Hand fühlt sich kalt an, eigentlich ist das immer so, dass er sich kälter anfühlt als normal. Oder bilde ich mir das ein?

Dieser Pavel hat auch Ende der sechziger Jahre demonstriert, deshalb habe ich nicht so viel Geduld damit, sagt mein Vater. Deine Mutter war die schönste Frau, die ich je gesehen hatte. Ihr seht euch zum Verwechseln ähnlich, das weißt du. Er lächelt und sieht mich wieder an. Und sie wurde die meine. Mit einem Mal höre ich wieder den Offizier, der seinen Sieg feiert. Ich höre zu.

Wir sind uns in Brünn begegnet.

Das weiß ich, Papa, will ich sagen, aber ich schweige.

Lunia?

Ja, Papa. Ich bin da und höre dir zu, solange du möchtest.

Und dann steht plötzlich wieder Pavel im Zimmer.

Oh, sagt er, ihr unterhaltet euch. Meist ist mein Nachbar nicht so gesprächig.

Mein Vater bittet ihn dringend, uns einen Augenblick allein zu lassen.

Pavel zuckt mit den Schultern. Was mache es schon aus, hier sei doch keiner für ihn da, hätte er nur einen Sohn, der sich an sein Bett setzte, ja, den Sohn habe er schon, aber der müsse ja unbedingt auf einem U-Boot leben. Mein Vater nickt, verständnisvoll, und wiederholt seine Bitte.

Pavel dreht sich wieder um und schlurft erneut aus dem Zimmer, er murmelt dabei noch etwas über U-Boote.

Was ich dir sagen möchte ...

Ich nicke, zustimmend. Ich bin ruhiger, als ich sein sollte.

Dann deutet er ärgerlich mit der anderen Hand auf die Tür, schließt demonstrativ die Augen und gibt damit zu verstehen, dass Pavel ihm nicht die Ruhe lässt, ausgiebig zu sprechen.

Lunia?

Ja, Papa.

Er schließt die Lider, eine Sekunde zu lang, was mich verunsichert, dann öffnet er sie wieder und blickt mich an.

Ich nicke und fühle die Spannung in meinem Körper.

Ich weiß es nicht genau, ich weiß es nicht.

Was weißt du nicht?

Und ich will, dass du es weißt, dass du unter allen Umständen meine Tochter bist. Er muss kurz zu Atem kommen. In der Ferne höre ich Pavel im Gang schlurfen.

Mein Vater erklärt nichts weiter, er hebt langsam die Schultern und lässt sie wieder sinken.

Was erwartet er jetzt von mir? Dass mir das alles nichts ausmacht? Du bist genauso gut mein Vater wie ich deine Tochter, einerlei, was ihr wisst und ich nicht. Ich versuche ruhig einzuatmen und dann wieder aus. Ich sitze an seinem Krankenbett und muss mich zusammennehmen. Sie haben mich nach Sankt Petersburg kommen lassen, damit ich endlich höre, dass etwas nicht stimmt, dass ich durchaus richtig liege mit meiner Erinnerung an diesen Streit. Ging sie deshalb nach Moskau und bekam sie deshalb hinterher Schläge? Ich höre sie wieder schluchzen. Mir ist nicht gut.

Aus meinem Nacken kriecht ein Schwindelgefühl in den Kopf, ich spüre einen Druck auf den Ohren. Erzählt jetzt er mir das Geheimnis meiner Mutter? Weil sie zu feige dazu ist?

Ich sehe ihm wirklich nicht ähnlich, auch sonst keinem. Ich sehe aus wie sie. Mir wird schrecklich kalt, mit Mühe und Not kann ich meinen Vater noch klar erkennen. Aber sie war so oft lieb zu ihm, und was ist mit Lew, ist Lew denn sein Sohn? Oder ist Papa einfach verwirrt?

Die beiden sehen sich zumindest ähnlich.

Deine Mutter, Lunia, ich wollte nichts lieber – sie war die schönste Frau, nein, ein Mädchen, eine Studentin. Mit ihrem langen, schwarzen Haar und der Art, wie sie ihren Körper bewegte. Seine Hand erschlafft, nicht einmal in der guten Hand hat er noch genügend Kraft.

Als ich Eva zum ersten Mal sah, wusste ich es sofort. Sofort.

Ich muss nicht mehr hören, wie schön sie war. Er weiß nicht, ob er, aber was weiß er dann, weiß er denn, wer, oder wer vielleicht, was hat Moskau damit zu tun, ich wage nicht zu fragen, es fühlt sich an wie ein chronisches Leiden, an das ich nicht rühren sollte, ich will hier weg, lasst mich in Ruhe, ich bin wegen deiner Krankheit gekommen, nicht deswegen – oder vielleicht doch, vielleicht will ich es ja doch wissen und bin deshalb zurückgekommen, vielleicht ist das der richtige Zeitpunkt, Papas Krankheit.

Es ändert sich nichts, flüstert er, aber ich will, dass du es weißt. Dass du weißt, dass ich es auch nicht weiß. Und dass du Verständnis für deine Mutter aufbringst. Deine Mutter braucht dich.

Braucht mich?

Es ändert sich nichts, sagt er, es ändert sich gar nichts.

Aber Mama muss mehr darüber wissen. Warum fuhr sie nach Moskau? Wer weiß davon?

Ich fange an zu schwitzen, das Zimmer gerät ins Schwanken. Kein Grund zur Panik, höre ich Bas sagen, reiß dich zusammen, Lunia, ich muss ihn hören, dieses Beruhigende, er hat recht, ich bin auf Krankenbesuch. Ich bin ganz nebensächlich. Auch wenn du nach dreißig Jahren hörst, dass dein Vater, dein Vater –

Meine Hand ist noch kraftloser als seine. Ich habe Atembeschwerden, meine Lider sind schwer. Ich möchte meine schweißfeuchte Stirn aufs Bett legen. Ich verstehe nicht, warum mein Vater urplötzlich mit den Beinen aus dem Krankenhausbett hängt. Meistens liegt er, was sage ich, bisher habe ich ihn noch nicht mit aus dem Bett hängenden Beinen gesehen.

Pavel ist im Zimmer und spricht laut, er scheint sogar böse zu sein, er fragt meinen Vater, warum meine Mutter nicht da sei, und schlurft wieder zurück in den Gang.

Als ich versuche, aufzustehen, gelingt es mir nicht. Mein Vater hat einen besorgten Blick. Das kann ich nicht ertragen. Er muss der Offizier sein, auf den ich warte, hinter der Haustür auf der Fußmatte, wie Mama es erzählt hat. Und jetzt ist er ein alter Mann in einem Krankenhausschlafanzug in einem Krankenhausbett, der sagt, dass ich möglicherweise nicht seine Tochter bin. Dass er es einfach nicht weiß. Oder kommt es von seinem Zustand? Beginnt man dann zu halluzinieren? Oder gewinnt die Fantasie die Oberhand? Nein, es hörte sich klar an, eigentlich so, als hätte er es mir schon seit vielen Jahren erzählen wollen, aber erst jetzt die Gelegenheit dazu gefunden.

Es ändert nichts, sage ich und versuche dann noch einmal, zuerst die Beine, dann meinen Hintern zu heben, ich spüre, dass mein Rock zu hoch sitzt, aber mir fehlt der Antrieb, ihn runterzuziehen.

Ja, stimmt er zu, es ändert nichts, aber ich möchte, dass du es weißt. Deine Mutter hätte dich nie eingeweiht.

Ich schlucke. All die Jahre haben sie gemeinsam geschwiegen, warum kommt er jetzt damit? Wegen seiner Krankheit? Der Befürchtungen? Hat das dieser Galin ausgelöst?

Ich frage, ob jemand davon wisse. Ohne Überzeugung schüttelt er den Kopf.

Ein früherer Freund, sie wohnen an der Moika –
Ich nicke. Meinst du Andrej?

Ja, den meint er, aber sie haben schon lange keinen Kontakt mehr.

Das weiß ich, Andrej durfte nicht mehr in die Wohnung kommen.

Papa nickt. Er weiß bestimmt nicht, dass Mama trotzdem weiter mit Andrej Umgang hatte. War es meinetwegen? Aber nein!

In einem Versuch, meine Hand zu fassen, kommt er ein wenig näher. Ich solle mich bemühen, Mama möglichst nicht damit zu belasten, sie habe es schon schwer genug. Er schließt die Augen, das Gespräch hat ihn erschöpft, wir werden es dabei belassen müssen.

Als er schließlich nach wenigen Minuten eingeschlafen ist, küsse ich ihn auf die Stirn. Meine Beine bieten mir wieder mehr Halt, ich nehme Reißaus. Einen Moment lausche ich seinen tiefen Atemzügen und verlasse dann das Zimmer. Als ob nichts vorgefallen wäre.

Er möchte lieber nicht, dass ich sie damit konfrontiere.

Warum hat er Andrej erwähnt? Will er mir etwas sagen? Ich muss an der Moika entlanggehen.

Nein, das hätten wir doch gemerkt, wenn Mama etwas mit ihm gehabt hätte, obwohl, sie kamen oft zu uns nach Hause, allerdings meist zu sechst, drei Männer aus der Militärzeit mit ihren Frauen. Mama war immer von Andrej beeindruckt, weil er den Militärdienst quittiert hatte, dachte ich, aber vielleicht habe ich nie etwas begriffen. Sie ließ mich den Tisch decken, wenn die sechs sich angekündigt hatten, ob das einen Grund hatte? Ließ sie mich an Abenden, wenn Andrej bei uns war, mehr helfen?

Ich sehe wieder die Abendessen vor mir. Ich erinnere mich an das laute Lachen. Wie viele Abende lauschten Lew und ich an der Zimmertür.

Meist, wenn sie sich zugeprostet hatten, kam Lew ganz nah zu mir, um mich wegzuschubsen, ich mochte es nicht, wenn er mich nicht in Ruhe ließ. Eines Abends bekamen wir richtig Streit, er sagte, dass ich ihm beim Zurückschubsen wehgetan hätte, so ein Wichtigtuer, es war derselbe Abend, an dem es zwischen Papa und Andrej krachte, deshalb erinnere ich mich noch so gut daran. Es ging um Alkohol und die frühe Sterblichkeit in unserem Land. Andrej kam mit allerhand Zahlen, angeblich trank der durchschnittliche Russe gut fünfzehn Liter hochprozentigen Alkohol pro Jahr, wenn ich mich recht erinnere, deshalb nehme die Bevölkerung jedes Jahr ab statt zu, Alkohol war seiner Ansicht nach die Ursache für den frühen Tod vieler Russen.

Mama reagierte und sagte, dass die durchschnittliche Lebenserwartung so niedrig sei, weil die Söhne als Kinder an der Front stürben, ich höre es wieder, wie sie das sagt. Er stimmte ihr zu, auch das habe damit zu tun, worauf er das Thema wechselte und von seiner Arbeit erzählte. Er wusste, wie sehr seine Geschichten Mama faszinierten, er war der Einzige in diesem Kreis, der den Militärdienst quittiert, anschließend noch promoviert hatte und seither als Psychiater tätig war. Das fand Mama offenbar großartig. Sie mochte es, wenn er von seinen Patienten erzählte. Trotz des Disputs über den Alkoholgenuss becherten sie an diesem Abend wie immer. Am späten Abend lief es aus dem Ruder. Lew war schon eingeschlafen, ich lag wach und lauschte.

Sie sprachen über den ernsten Fall eines Verschwundenen, weit weg, am Dnjepr, Andrej hatte schon ein paar Schluck zu viel und sagte, dass «unser Vadim» damit schon Erfahrung habe. «Unser Vadim», es hallt mir noch heute in den Ohren, «unser Vadim» habe, so Andrej, Ende der sechziger Jahre gelegentlich die falschen Entscheidungen getroffen.

Das hätte er besser nicht sagen sollen.

Ihm wurde die Tür gewiesen, und er durfte nicht mehr kommen. Ich habe nie verstanden, warum Papa so streng war. Mama besuchte Andrej noch ein paarmal, und es war klar, dass Papa das nicht wissen durfte. Sie nahm mich manchmal mit, nach der Schule. Ich wusste, dass ich zu Hause nichts davon erzählen durfte. Das fühlt man als Kind, auch wenn kein Verbot ausgesprochen wird. Und jetzt nennt er ihn seinen «früheren Freund», den Mann, der ihm unterstellte, falsche Entscheidungen getroffen zu haben. Was geht hier vor?

Ich finde das Haus bestimmt, ich erinnere mich an die Straße, nicht an die Hausnummer, aber wenn ich davorstehe oder daran vorbeigehe, wird es mir einfallen. Ich war auch mit in der Wohnung; wenn Mama kurz zum Teetrinken blieb und sie Lew und mich dabeihatte, spielten wir im Nebenzimmer.

Die Metro fährt ebenfalls in diese Richtung, das könnte

noch schneller gehen. Bei Sadowaja aussteigen. Nein, ich nehme doch lieber den Bus, den bin ich jetzt gewohnt. Es fühlt sich an wie ein Auftrag, Papa, der mich zur Moika schickt, was er natürlich so nicht gesagt hat, aber ich möchte diesen Druck spüren, als wäre es nicht allein meine Entscheidung.

Wenn ich sage, dass ich nicht wissen möchte, was vorgefallen ist, lüge ich mir selbst in die Tasche. Oder wenn ich sage, dass sich nichts geändert habe. Wenn ich sage, dass mein Vater mein Vater bleibe, wie er es immer gewesen sei, dann bin ich nicht ehrlich. Meine Beine tragen mich in den Bus, und ich möchte so tun, als hätte ich es nicht gehört. Sie wohnten unweit vom Jusupow-Palast, dort stieg Mama immer aus.

Ich lege dem Busfahrer das Kleingeld in die Schale, genau abgezählt für diese Strecke. Ich sage Guten Morgen. Er schweigt. Es ist fast kein Morgen mehr, aber das ist doch egal. Warum es hier keine Buskarten gibt, ist mir ein Rätsel. Und Wechselgeld scheint es hier auch nicht zu geben. Deshalb nehmen die meisten die Metro, da gibt's kein Getue mit dem Kleingeld. Ich rutsche ein bisschen zu schnell auf der Bank ans Fenster und stoße mir gleich die Hüfte an der Buswand. Ich reibe sie. Das gibt wieder einen dieser hässlichen blauen Flecke. Prima. Ich muss aufpassen, wo ich auszusteigen habe. Ich zupfe meinen kurzen Rock zurecht. Kann ich denn unangemeldet bei ihm klingeln? Bin ich eigentlich wahnsinnig? Warum will ich das wissen? Was habe ich davon? Papa will nicht, dass ich Mama damit belästige. Kann er das von mir verlangen? Muss ich so tun, als ob nichts wäre? Als hätte er mir nichts erzählt und als wäre Andrej nicht zur Sprache gekommen? Hat sie mit ihm geschlafen, bevor sie Papa kennenlernte? Was will ich eigentlich hören?

Ich frage mich, warum Papa den Namen erwähnte, obwohl sie seit Jahren keinen Kontakt mehr haben. War er ein Mitwisser? Und hatte er deshalb eines Tages Hausverbot? Oder begann ich ihm zu ähnlich zu sehen?

Nein, ich sehe ihm nicht ähnlich.

Und die Male, an denen er uns noch heimlich besuchte, hatte das damit zu tun? War er zu mir anders als zu Lew? Ich lehne den Kopf gegen die Scheibe. Ich muss ihn sprechen. Ich glaube nicht, dass ich darüber nachgedacht habe. Ich kann natürlich immer noch aussteigen und den Bus nach Hause nehmen.

Aber meine Mutter wird mir nicht antworten. Von wem bin ich eigentlich, Mama? Von wem hast du dich schwängern lassen? Ich war bestimmt kein Wunschkind, jedenfalls nicht für diesen anderen, oder hat er es nicht gewusst? Hast du es ihm nicht gesagt? Bist du nach Moskau gefahren, um es ihm doch zu sagen? Und dann konntest du ihn nicht finden? Oder ist es doch Papa? Er sagt nicht, dass er bestimmt *nicht* mein Vater ist. Was für eine Frau warst du damals, hast du im selben Zeitraum mit mehreren Russen geschlafen? Hast du dich als Slowakin hinaufzuschlafen versucht? Was hat Andrej damit zu tun? Und warum hast du mir nie erzählt, dass deine eigene Mutter Halbrussin war?

Jemand rutscht neben mich auf die Bank. Ich spüre und höre die Bewegung, möchte aber nicht zur Seite schauen, um zu sehen, wer die Person neben mir ist. Vielleicht sind Kinder nie gewollt, ich muss nicht glauben, dass ich eine Ausnahme wäre, der Kinderwunsch entwickelt sich aus einem Gedanken, die Menschen möchten etwas gemeinsam haben, aber Kinder werden auch aus Langeweile gemacht. Das Leben der meisten Menschen bekommt durch ein Kind mehr Bedeutung. Als hätte das Leben plötzlich doch einen Sinn.

Wie alt war sie eigentlich? Komisch, dass ich darüber nie nachgedacht habe, als ich selbst schwanger war. Vielleicht war es die Nacht nach einem Aufstand, in der jeder drauflosvögelte, gewissermaßen siegeshalber. Ich könnte von einem Slowaken stammen. Oder vielleicht wurde ich, ganz im Gegenteil, nach einer Niederlage gezeugt, nachdem die Hälfte der Studenten zusammengeschlagen worden war? War sie auf ihren schönen Beinen stundenlang durch die Innenstadt gelaufen, und dann ergab es sich einfach so? Irgendein Russe? Stand da mit einem Mal ein russischer Offizier, der sich in sie verliebte? Folgte sie ihm?

Ach, warum kann ich nicht einfach durch ein Haus gehen und fremden Männern Wohnungen vermieten, die nichts von mir wissen und nur nach meinem Akzent fragen. Dann gebe ich ihnen knapp Auskunft und muss nichts weiter sagen, nicht, wer ich bin, und nicht, woher ich genau komme.

Aus dem linken Augenwinkel sehe ich jetzt doch einen jungen Mann neben mir sitzen. Ganz entgegen dem landesüblichen Gesichtsausdruck betrachtet er mich fröhlich – Kontakt lässt sich nicht vermeiden. Ein schlampiger Schüler mit ungewaschenen Haaren. Das neue Russland. Jetzt hat er dieses sinnlose Lächeln von seinem pickligen Gesicht gewischt. So ist es besser. Trübsinn ist die Zierde unseres Volkes. Ich kann die Pickel nicht länger ertragen, ich kann mir nirgendwo die Hände waschen, ich muss unbedingt woanders hinsehen, nicht seinen Geruch einatmen. Ich schaue wieder aus dem Fenster und verberge Mund und Nase hinter meinem Kragen. In dem kleinen Park gleich hinter der Haltestelle wird geheiratet. Man kann es an jedem Wochentag beobachten. Heiratswillige Pärchen in Parks, es könnte ein Gesetz sein. Zwei, drei Paare, nur wenige Meter voneinander entfernt. Vielleicht gab es eine Vorschrift im Kommunismus, um das Straßenbild aufzulockern? Eventuell sind es jeden Tag dieselben Paare, die dort stehen und strahlen. Es könnte ein Beruf sein, täglich in kleinen Parks zu heiraten. Es muss einer Stadt, die auf Leid gebaut ist, doch etwas Friedliches geben. Schon verschwindet der Park hinter uns. Oder war Papa einfach verwirrt? Täuscht er sich? Den Kopf seitlich an die Scheibe gelehnt, sehe ich wieder, wie die monumentalen Gebäude die Stadt schmücken.

Aber die Farben sind verschwunden.

Ich steige beim Jusupow-Palast aus. Nach wenigen Schritten komme ich an einem Café vorbei. Westlich, modern, das hätte ich hier nicht erwartet. Hier stieg ich auch früher mit Mama aus, nur musste ich damals nicht auf den Weg achten, als Kind an der Hand der Mutter folgt man ihr. Aber ich erkenne den Weg, ich muss ein Stück geradeaus. Obwohl ich Handschuhe anhatte, durfte ich oft meine Hand in ihre Manteltasche stecken, bei ihr schien alles wärmer zu sein. Und trotzdem, denke ich heute, war sie mit ihren Gedanken woanders. Ich spüre meine eisigen Zehen kaum noch und versuche, sie in den Stiefeln zu bewegen, manchmal hilft das. Sollte Andrej nicht zu Hause sein, kann ich ihn nicht mehr sprechen, oder ich müsste die Rückreise verschieben – ich sehe schon Bas vor mir, zuerst willst du nicht hinfahren, und dann bleibst du länger als geplant, obwohl es deinem Vater gut geht.

Meinem Vater.

Wo ist denn die kleine Bank geblieben, auf der ich früher, müde vom Weg zu Andrejs Haus, ausruhen durfte? Ich möchte gern einen Augenblick sitzen. Hier hat Lew einmal einen glitschigen Wurm von der Erde geklaubt, Mama schrie wie am Spieß. Ich sehe den glänzenden Wurm wieder vor mir. Warum sie so unbedingt die Bank entfernen mussten –

Wenn es dort nicht klappt, bin ich schnell wieder zu Hause bei meiner Mutter, die ich nichts fragen darf. Papa wird bestimmt verstehen, dass er das nicht von mir verlangen kann. Ich habe nichts versprochen. Dann schlief er ein. Hat mich damit alleingelassen. Aber selbst wenn ich die Fragen stelle, wird sie schweigen wie ein Grab. Jetzt kann es nicht mehr weit sein zu Andrejs Haus. Was mache ich, wenn sie öffnet, dieses sagenhafte Schnattermaul? Mama fand ihr Gerede sehr ermüdend. Ich gebe ihr einfach die Hand. Guten Tag, Frau Orlinski. Ich bin zufällig in der Gegend, ich wohne schon seit Jahren im Ausland, bin aber zu Besuch bei meinen Eltern, und als ich zum Jusupow-Palast ging, habe ich mich gefragt, ob ihr wohl noch hier wohnt. Völlig unglaubwürdig. Aber immer noch besser, als direkt zu fragen, ob er damals meine Mutter gevögelt hat, vor gut dreißig Jahren, und ob sie auch so eine enge Möse hatte, wie man immer über meine sagt. Er wird einen Moment nachdenken müssen, ja, das ist lange her, Ende der sechziger Jahre.

Wenn er keine Ahnung hat, wovon ich rede, ja, sicher war er in der Armee, aber so lange kennt er meine Mutter nun auch wieder nicht. Nein, ich kann nicht direkt fragen. Ich marschiere weiter, ich bin so gut wie da. Eine von diesen Türen. Mein Gott, was brocke ich mir da wieder ein? Sehe ich gleich in die Augen, die genau wie meine sind? Sehe ich dann zum ersten Mal, dass er mein Vater ist? Wäre Papa dazu fähig, mich ganz beiläufig zu meinem leiblichen Vater zu schicken? Und aus welchem Grund?

Von außen ist das Haus in einem schlechten Zustand. Abgebröckelte Fugen, und der Anstrich blättert. Auf der ersten Klingel steht ihr Name. Ich habe mich also nicht geirrt. Meine Hand bleibt in der Manteltasche, ich spüre den Schulterriemen meiner Tasche zwischen den Brüsten. Gleich geht die Tür auf, was frage ich dann? Wenn ich mich nicht überwinde, kann ich genauso gut auf dem Absatz kehrtmachen. Es hat keinen Sinn, sich Fragen auszudenken, es läuft sowieso immer anders. Das ist mit meinen Mietern genauso. Rege ich mich über den zu kleinen Balkon auf, dann fragen sie lediglich nach der nicht vorhandenen Mikrowelle.

Meine Hand hat sich aus der Tasche manövriert. Ich hole noch einmal tief Luft, fülle meine Lunge mit Kälte und klingle.

Nichts passiert. Entweder sind sie nicht zu Hause oder so alt, dass sie sehr langsam zur Haustür schlurfen. Sie wohnten doch im Parterre? Oder sind sie inzwischen gestorben, und der neue Bewohner hat nur vergessen, das Klingelschild auszutauschen?

Ich ziehe den Schulterriemen über meinen Kopf, damit meine Tasche ordentlich an der Seite hängt. Kurz mein Haar in Form zupfen. Ich bewege meine Zehen in den Stiefeln, ich spüre sie. Kann ich noch weglaufen? Sie erkennen mich doch nicht, ich habe mich einfach geirrt, bin an der falschen Adresse. Ich lasse mein Kinn bis in den Mantelkragen sinken, finde aber keine Stelle mehr, wo ich mich verstecken könnte.

Knarrend öffnet sich die Tür.

Frau Orlinski sieht mich erstaunt an. Wer ist denn diese junge Frau mit dem langen, schwarzen Haar, wird sie sich fragen. Ich bin's, Lunia, will ich sagen. Ich frage, wie man mir beigebracht hat, immer als Erstes zu fragen, ob ich störe. Offenbar kann sie mich kaum verstehen, ich sehe an ihrem Blick, dass sie nichts begreift. Sie hat sich kein bisschen verändert, um ihren Hals hängt noch immer diese Uhr an einer Goldkette, und sie ist noch genauso dick, sie trägt sogar noch dieselbe hellgraue Weste. Auch ihr Rock steht ihr immer noch nicht. Wie oft habe ich Mama das sagen hören. Ich störe nicht, und sie fragt nicht, wer ich bin. Als ich ihr dann doch meinen Namen nenne, ist es plötzlich still. Ihre Überraschung weicht einem Lächeln, sie hat mich gleich erkannt. Ähnle ich etwa ihrem Mann? Sieht sie das auf einmal, jetzt, wo ich vorsichtig zurücklächle?

Sie sagt, dass ich mich gar nicht verändert hätte, und außerdem habe sie zufällig von der Erkrankung meines Vaters gehört, wie schön für ihn, dass ich deswegen gekommen sei. Ich nicke. Ob er sich denn gut erhole, fragt sie. Ja, schon, danke der Nachfrage. Das freut sie zu hören. Ob ich kurz hereinkommen möchte. Gern, antworte ich erleichtert, das geht besser als erwartet. Rasch ziehe ich meine langen Stiefel ein Stückchen höher und trete über die Schwelle.

Ich folge ihr. In der Wohnung hängt ein unangenehmer Geruch. Wird mich Andrej auch gleich erkennen? Vielleicht habe ich mich wirklich nicht besonders verändert in all den Jahren? Erdgeschoss, zweite Tür links, nein, das wusste ich nicht mehr.

Ob Andrej auch da sei, frage ich. Sie bleibt stehen und mustert mich ernst. Du bist lange weg gewesen, Kind, er ist vor zwei Jahren gestorben. Dann geht sie weiter über die Holzdielen, die wie früher knarren. Das wusste ich nicht, Frau Orlinski. Ich entschuldige mich, meine Eltern haben es mir nicht erzählt. Warum eigentlich nicht? Meine Mutter erzählt so oft am Telefon, dass jemand gestorben sei, den ich gekannt habe. Weißt du, wer gestorben ist?, fragt sie dann. Als ob ich dann raten sollte. Nein, das weiß ich nicht, antworte ich regelmäßig, und dann bekomme ich es zu hören. Es interessiert mich nie besonders, all diese Menschen aus meiner Vergangenheit. Aber er war ein guter Freund, der heimlich Umgang mit Mama pflegte, hat sie deshalb nichts davon erzählt?

Wer ist eigentlich gestorben, möchte ich am liebsten fragen. Mein Vater?

In der Wohnung muffelt es. Ich habe hier nichts zu suchen. Tut mir leid, Frau Orlinski, mir ist nicht wohl, ich muss gehen. Doch das wage ich nicht zu sagen, und bevor ich mich's versehe, hat sie mich in einen Sessel gesetzt. Sie möchte mir die Jacke abnehmen. Ich schüttle den Kopf, vielen Dank, mir ist sterbenskalt. Sie setzt sich ganz nah, in einen Sessel, den ich erkenne, nur die Lehnen sind mit einem Stoff repariert, der nicht zur dunkelgrünen Sitzfläche passt. Sie sitzt da, als wollten wir ein Gespräch führen, aber das werden wir nicht, ich werde aufstehen und gehen. Ich habe hier nichts zu suchen, und außerdem ertrage ich diesen schweren Essensdunst nicht, der im Zimmer hängt. Ein Geruch, als habe sie den ganzen Vormittag gekocht. Für wen, um Himmels willen? Ist sie noch nicht dick genug?

Ob ich etwas trinken möchte, fragt Frau Orlinski. Nein, ich möchte nichts. Warum ich eigentlich gekommen sei, fragt sie neugierig. Ich hole tief Luft. Wegen Ihres Mannes.

Was ich denn von Andrej wollte.

Wissen, ob ich seine Tochter bin, nun ja, wissen, wie sein außereheliches Leben ausgesehen hat. Sie nickt, obwohl ich nichts gesagt habe.

Andrej weilt nicht mehr unter uns, sagt sie. Kann ich dir helfen?

Es tut mir leid, ich gehe gleich wieder an die frische Luft. Draußen ist mehr Luft und Licht, das wird mir guttun. Hier wird mir ganz beklommen zumute, nicht wegen des Geruchs, es ist auch so dunkel hier, viel schlimmer, als ich es von Sowjetwohnzimmern gewohnt bin. Vielleicht, weil dieses Haus zu kleine Fenster hat.

Bleib doch ruhig sitzen, Kind. Ich lasse den Kopf sinken und betrachte meine Hände. Andrej lebt nicht mehr, und meine Mutter wird mir nie etwas sagen. Aber nachdem ich jetzt schon da bin, ist das doch sicher der Ort, wo ich mehr herausfinden könnte? Sie hat ihr ganzes Leben mit ihm zusammengelebt, vielleicht weiß sie ja davon?

Ich versuche sie anzusehen, und dadurch fällt mein Blick plötzlich auf ein Schwarz-Weiß-Foto in einem offenen Schränkchen aus dunklem Holz. Der kleine Schrank steht direkt hinter ihr, aber wegen des spärlichen Lichts kann ich das Foto nicht gut erkennen. Es muss Andrej sein.

Das scheint mir ein netter Anknüpfungspunkt zu sein, vielleicht kann ich doch noch etwas erfahren. Ob das Andrej sei. Ohne sich umsehen zu müssen, nickt sie. Er sieht viel älter aus als in meiner Erinnerung, vielleicht, weil ich ihn hauptsächlich als Kind gesehen habe. Es ist so lange her, sage ich mit ruhiger Stimme.

Sie geht sofort darauf ein, sagt, das könne sie verstehen, schließlich hätten sie längst keinen Umgang mehr mit meinen Eltern. Ihr Zeigefinger hebt sich gebieterisch. Was ich deinem Vater übrigens nie übel genommen habe.

Am liebsten würde ich sofort klarstellen, dass ich davon nichts weiß und auch nichts damit zu tun habe – ich habe nie erfahren, was zwischen ihnen vorgefallen ist –, aber dass ich mir jetzt, nachdem Papa Andrej erwähnte, schon etwas mehr darunter vorstellen kann.

Ich habe das nie verstanden, Frau Orlinski.

Sag ruhig Nadja, sagt sie lächelnd, du bist ja inzwischen auch eine erwachsene Frau. Ich sehe sie erstaunt an, ich habe sie noch nie beim Vornamen genannt.

Andrej schon.

Ob ich deshalb gekommen sei, fragt sie, um von Andrej zu hören, in was für einem Verhältnis er zu meinem Vater stand.

Warum nicht, vielleicht bringt es mir etwas, womöglich war es bei allen Freunden bekannt, dass Andrej ein Auge auf Mama geworfen hatte? Aber würde sie mir das denn erzählen?

Ohne meine Antwort abzuwarten, fährt sie fort.

Du warst ja noch ein Kind, Lunia, und du wirst sicher einmal deine Mutter danach gefragt haben.

Mühsam bringe ich ein Lächeln zustande. Meine verschwiegene Mutter.

Ob ich vielleicht jetzt etwas trinken möchte. Gern, sage ich, um höflich zu sein. Inzwischen ist mir weniger kalt. Sie kommt mit einem Glas Tee.

Dein Vater war immer ein herzlicher Mann, sagt sie, als ob er schon tot wäre. Und deine Mutter, ihre Worte kommen zögernd, und sie betrachtet mich mit ernstem Blick, die kenne ich ziemlich gut, behauptet sie, von damals, aus der Zeit, als wir noch miteinander Umgang hatten. Und ich weiß, dass sie nicht gern spricht, dass sie sich lieber verschließt. Sie machte nie den Eindruck dazuzugehören, wenn alle beim Essen zusammensaßen, fast kühl erschien sie. Nur Andrej hatte damit keine Probleme. Aber ich muss zugeben, sagt sie leise, dass er die Situation falsch eingeschätzt hat, und das kostete ihn die Freundschaft deines Vaters. Deine Mutter erhielt den Kontakt aufrecht, daran kannst du dich sicher noch erinnern.

Ich nicke, sie soll vor allem weiterreden.

Darüber brauchst du dir keine Gedanken zu machen, Kind, das habe ich auch nie getan. Andrej ging nur wegen der Vergangenheit weiter mit deiner Mutter um. Deine Mutter hatte das Bedürfnis, über früher zu reden, es ging wirklich von ihr aus, dieser verbliebene Kontakt. Und Andrej fand es nicht mehr als anständig, ihr Zeit zu widmen, wenn sie darum bat.

Er nahm sich aus Mitleid Zeit für sie? Vorsichtshalber bleibe ich stumm. Er war offenbar so vernünftig, nicht zu beichten, was er für meine Mutter empfand. Und dass er vielleicht früher einmal, als sie jung waren –

Worüber wollte meine Mutter denn reden?

Über früher, Lunia. Sie gibt sich plötzlich kurz angebunden, hält offenbar etwas zurück.

Es wirkt, als wären wir beide in irgendetwas verwickelt. Weil sie nicht darauf eingeht, hake ich nach. Ich will wissen, ob sie immer in Sankt Petersburg gewohnt haben.

Warum fragst du das, Kind?

Ich wage nicht zu antworten. Vielleicht wohnten sie anfangs in Moskau, und Mama besuchte ihn dort heimlich, damals, als Papa so wütend war?

Wir wohnen, seit wir verheiratet sind, hier am Jusupow-Palast, sagt sie.

Ich glaube ihr nicht, denke aber, dass es für mich nicht wichtig ist. Erst wollte sie von Papa erzählen, davon, was zwischen den Männern vorgefallen ist, aber jetzt hat sie es sich anders überlegt. Ich muss versuchen, mehr Nähe aufzubauen, sonst komme ich nicht weiter. Mein Blick fällt wieder auf das Foto. Woran ist er eigentlich gestorben, frage ich.

Bei einer Erbkrankheit wäre es schon gut, es zu wissen, denke ich bei mir. Sie tippt sich ominös auf die linke Brust und bedenkt mich mit einem langen Blick. Mit einem Mal hängt eine tiefe Stille im Raum. Die muss ich durchdringen, sonst kann ich genauso gut gleich wieder gehen. Deshalb frage ich, ob ich meine Jacke ausziehen und über die Stuhllehne hängen dürfe. Ich möchte sie lieber nicht in den Flur hängen, neben die Küche, dort stinkt es noch mehr. Sie erlaubt es und blinzelt ein paarmal. Natürlich sähe sie die Jacke lieber an der Garderobe, das weiß ich auch.

Sie bleibt in ihrem plumpen Sessel sitzen. Mama saß auch meist in diesem grauen Stuhl mit dem dunkelgrünen Bezug. Die Knöpfe an ihrer Strickweste spannen zwischen ihren Brüsten wie eh und je. Es ist alles sehr schnell gegangen, setzt sie hinzu.

Es ist mir ziemlich egal, was nach diesem Herzanfall passierte, er ist ja doch tot. Aber ich versuche, mir einen interessierten Anschein zu geben. Sie bedauert, nie etwas von meinem Vater gehört zu haben, nach Andrejs Tod, «trotz allem», aber sie respektiert es, schließlich hatte sich Vadim zu Recht schon vor langer Zeit von ihnen abgewandt. Mein ganzer Körper verlangt jetzt danach, ihr zuzuhören.

Sie sagt, dass Andrej es unterschätzt habe, er sah es als Geplänkel, aber Vadim zog sofort den Schlussstrich. Sie spricht viel, damit hat Mama recht, ich werde es schon aus ihr herausfragen. Was für ein Geplänkel? Hatte er ein Verhältnis mit meiner Mutter? Ich fühle, dass ich dieses Gespräch wirklich führen muss.

Warum hatte mein Vater sich denn von euch abgewandt?, hake ich vorsichtig nach. Ach Kind, es ist schon wieder eine Ewigkeit her. Ich werde an ihr Gemüt rühren müssen, Papa hat mich nicht umsonst zu ihnen geschickt. Mein Vater hat keinen Namen von früheren Freunden erwähnt, nur euren. Gerade mit Namen hat er Schwierigkeiten, müssen Sie wissen, und trotzdem sprach er von seinem früheren Freund Andrej.

Ob er denn verwirrt sei, fragt Frau Orlinski.

Ich schüttle den Kopf. Er hat Probleme mit der Artikulation und befürchtet, es könnte noch einmal passieren und sein Zustand sich damit verschlechtern. Wieso er dann Andrej erwähnt habe, fragt sie und treibt mich damit in die Enge, denn ich habe nicht vor, die Vaterschaftsfrage anzusprechen, ich möchte nicht darauf eingehen. Wir unterhielten uns über liebe Freunde, Frau Orlinski.

Nadja, wiederholt sie. Die Bemerkung über nicht vergessene Freundschaften scheint ihr gutzutun, ihre Lippen kräuseln sich zu einem kleinen Lächeln, als ob es von Respekt zeuge, dass Papa es so ausgedrückt hat.

Militärkameraden hätten ihr erzählt, was mit meinem Vater passiert sei, und sie hoffe von Herzen, dass er wieder gesund werde.

Militärkameraden, hat sie gesagt. Die halten also noch Verbindung. Ich sehe sie sofort wieder vor mir. Ich erzähle von Papas Schlaganfall und muss an die Streitereien zu Hause zurückdenken. Regelmäßig gingen die Militärkameraden bei uns ein und aus, an langen Abenden mit vielen Zigaretten und viel Alkohol. Es machte Lew und mir Angst, wie Papa manchmal Mama gegenüber tobte. Vor allem, wenn sie nichts sagte, ihr stiller Blick machte ihn wütend. Und Andrej ergriff immer Partei für Mama. Aber das ist kein Grund, jemandem das Haus zu verbieten. Oder kam es von jenem einen Abend, als sie über diesen Fall eines Verschwundenen am Dnjepr sprachen? Wusste Papa, dass Andrej – nein, das kann nicht sein.

Frau Orlinski versteht auf einmal umso besser, warum ich sie aufgesucht habe, beim Öffnen habe sie noch einen Moment überlegt, warum ich allein gekommen sei, gibt sie zu, aber jetzt verstehe sie es nur allzu gut. Ein Kind möchte seine Eltern verstehen, und wenn eine Mutter nicht spricht und ein Vater krank ist, bleibt einem wenig übrig. Und dazu kommt noch, dass du normalerweise nie in der Nähe bist.

Genau, sage ich. Sie denkt, dass ich mehr über diese Männerfreundschaft erfahren möchte, ich lasse sie kurz in diesem Glauben. Nachdem sie das ausgesprochen hat, sieht sie mich abwartend an. Dann fragt sie, wie es meinem Kind gehe.

Prima, antworte ich und lächle übertrieben.

Vielleicht spricht sie über das Enkelkind ihres Ehemanns. Ich bezweifle, dass sie weiß, was mit Reuben ist. Ich habe keine Lust, mich darüber auszulassen. Sie betrachtet mich und meint dann, dass ich noch immer genauso schön sei. Ich fühle eine Röte in die Wangen steigen, auch das noch. In solchen Augenblicken wünsche ich mir einen Pony, so lang, dass meine Wangen nicht mehr zu sehen sind.

Du siehst deiner Mutter sehr ähnlich, Lunia, wie sie früher aussah. Nur hast du etwas Lebendigeres, sie saß immer nur still da. Still und schön. Die Männer konnten ihre Augen nicht von ihr abwenden, nicht nur wegen ihrer Schönheit, auch wegen ihrer reservierten Haltung, keiner wurde klug aus ihr. Andrej war einer der wenigen, die das nicht störte, er sagte, er könne es verstehen, diese Abgeklärtheit. Natürlich war auch er von ihr angetan, aber ich habe mir darüber nie Gedanken gemacht. Sie lächelt irgendwie unangenehm. Wir kamen hauptsächlich wegen deines Vaters.

Vielleicht hätte sie aufmerksam sein sollen, denke ich bei mir. Nur Andrej konnte zu Mama durchdringen? Hat sie sich denn nie gefragt, woher das kam? Hatte sich schon, als sie jung waren, etwas zwischen ihnen abgespielt, oder gingen sie nach einem Abend mit zu viel Wodka zu weit?

Während ich auf ein leeres Schälchen auf dem Salontisch starre, überlege ich, wie ich am besten darauf reagiere, ohne meinen Verdacht sichtbar werden zu lassen. Wenn Besuch kommt, wird die Schale sicher gefüllt. Mit Nüssen. Oder Keksen. Ich muss noch einmal die Sprache darauf bringen und zuerst herausfinden, was zwischen den Männern vorgefallen ist. Nur so kann ich mehr über Mama und Andrej erfahren. Sie beide hatten einen besseren Umgang mit meinem Vater, sagen Sie, aber wie kommt es dann, dass gerade die Freundschaft meines Vaters so plötzlich in Hass umschlug?

Sie seufzt tief, aber nicht vor Erleichterung. Dein Vater wollte uns nicht mehr sehen. Es war Andrejs eigene Schuld. Dein Vater bekam manchmal scheußliche Bemerkungen an den Kopf geworfen, als wäre er persönlich für das verantwortlich, was sich damals alles abgespielt hatte. Andrej unterstellte, dass dein Vater mehr wusste, als er preisgab. Zu den Zeiten war Vadim natürlich ein hohes Tier gewesen.

Ich stelle den Ellbogen auf meinen Oberschenkel und stütze mein Kinn auf die Faust.

Die Männer sind sich schon jung begegnet, Lunia. Sie kannten sich seit achtundsechzig.

Ob Andrej denn auch in der Tschechoslowakei gewesen sei, frage ich neugierig. Sie nickt.

Ich weiß, dass Papa und Mama sich aus der Zeit kennen, als Mama in Brünn studierte, aber dass Andrej ebenfalls dort gearbeitet hat – und im Jahr darauf wurde ich geboren.

Ihre Worte klingen mir immer bedeutsamer in den Ohren.

Andrej hat mir oft von diesen Jahren erzählt. Frau Orlinskis ganze Masse schiebt sich mit dem Sessel ein Stückchen nach vorn, wobei die kleine Uhr auf ihrem Busen auf und ab hüpft. Du musst dir vorstellen, die jungen Soldaten kamen in den tschechoslowakischen Städten an und mussten tätig werden, die vielen jungen Russen hatten viel zu viel Verantwortung, sie mussten Ordnung schaffen in einem Land, in dem sie eigentlich nichts zu suchen hatten. Und die Leute, die Bevölkerung, die war natürlich wütend und rebellisch, es waren schreckliche Zeiten. Andrej erzählte mir oft, wie furchtbar er es fand, selbst Jahre später hatte er noch Probleme damit, er sagte immer wieder, dass sie dort nichts zu suchen gehabt hätten.

Ich dachte eigentlich immer, Andrej wäre jünger als mein Vater.

Das ist auch so, sagt sie. Andrej war fast zehn Jahre jünger und gehörte zu seiner Einheit. Sie wurden in Brünn stationiert. Dein Vater war ein guter Offizier, daran gab es keinen Zweifel, aber als er deine Mutter kennenlernte … er konnte die Augen nicht von ihr abwenden, sehr unpassend für einen russischen Offizier.

Ob auch ihr Mann auf der Stelle meiner Mutter verfiel, klammert sie aus. Aber so muss es wohl gewesen sein, deshalb hat mich Papa hierher geschickt, wer sagt denn, dass sie die ganze Wahrheit kennt? Vielleicht hat Andrej es nie gewagt, ihr zu gestehen, dass er sich damals in meine Mutter verliebt hatte – wer kann Nadja heute noch widersprechen? Sie betrachtet mich nachdenklich und zieht ihre Weste ein wenig nach unten. Aber deine Mutter war nicht frei.

Ich verschränke wieder die Arme, und danach auch meine Beine.

Sie war schon ein paar Monate mit einem anderen zusammen, einem Schuster aus Brünn. Nadja lächelt. Deine Mutter hatte diesen Schuhmacher kurz nach einer dieser verdammten Demonstrationen kennengelernt, Andrej erzählte mir, wie dieser Marsch außer Kontrolle geraten war.

Einen Schuster, hat sie gesagt.

Andrej hatte den jungen Mann zwar gesehen, die wenigen Male, in denen er in der Schuhmacherwerkstatt war. Nadja seufzt übertrieben und sagt dann, dass mir meine Mutter das eigentlich selbst erzählen müsste.

Sie waren jung, sagt sie fast entschuldigend, und Andrej hat mir mehrere Male erzählt, dass vor allem deine Mutter zu jung für die Situation war, in die sie geriet. Sie war sofort von deinem Vater beeindruckt, gleich beim ersten Mal, als sie Vadim sah, hat es gefunkt, das merkte jeder, auch Andrej. Aber Eva hatte schon einen Liebsten … deshalb lief alles aus dem Ruder.

Was soll das heißen?

Sie starrt auf ihre Schuhe.

Ich weiß nicht, wie sie es selbst erzählen würde, Lunia, sagt sie und sieht mich wieder an. Sie erlag seiner enormen Ausstrahlung, aber Andrej zufolge hätte sie sich nie vorstellen können, dass es so enden würde.

Ihr Blick verfinstert sich, und ich sage, dass ich ihr nicht folgen könne.

Worauf es hinauslief, Lunia, ist, dass sie mit deinem Vater geflohen ist.

Geflohen? Wovor musste sie denn fliehen? Es wird immer unklarer, ich begreife nicht, was sie mir zu sagen versucht.

Es waren schwere Zeiten, wiederholt sie wieder, das kannst du dir nicht vorstellen. Ich überhöre diese Unterstellung und rutsche weiter Richtung Sesselkante. Mama war von meinem Vater beeindruckt, und sie hatte einen Freund, einen Schuster, gut, das ist nicht so kompliziert. Frau Orlinski lacht freundlich. Nein, Kind, das verstehe ich, das ist nicht schwer, aber was mit deiner Mutter geschah, ist sehr wohl kompliziert. Andrej hat mir davon erzählt, weil er den Sachverhalt immer angezweifelt hat. Und deshalb gab es auch immer wieder Reibereien zwischen den Männern. Siehst du, Lunia, wenn du deine Eltern fragst, wie sie sich kennengelernt haben, wirst du bestimmt kaum eine wirkliche Antwort bekommen.

Da hat sie recht, dann bekomme ich eine zusammenhanglose Geschichte, das muss ich zugeben.

Aber gut, murmelt sie, das Gerede im Nachhinein bringt auch nichts, wir treffen nun einmal Entscheidungen in unserem Leben, und entsprechend müssen wir uns verhalten, das hat deine Mutter auch immer getan, das muss man ihr lassen, sie hat ein gutes russisches Leben geführt, und auch jetzt verhält sie sich, wie es sich für eine Offiziersgattin gehört. Aber – Nadja mustert wieder ihre Schuhe. Und sagt nach einer Pause, dass sie das alles nur erzähle, weil ich danach gefragt hätte. Ich nicke ein paarmal. Und plötzlich sehe ich eine unerwartete Geringschätzung in ihrem Blick, aber die mag ich mir einbilden.

Was die sich früher alles erlaubt hat, tssss ... Sie schüttelt demonstrativ den Kopf.

Meine Mutter hat sich etwas erlaubt? Worauf will sie hinaus?

Warum ich meinen Tee nicht trinke.

Der ist noch zu heiß, Frau Orlinski.

Nadja, zum x-ten Mal.

Sie legt ihre Hand flach auf die Brust und betont, dass sie alles nur von Andrej weiß. Als wollte sie sich damit entschuldigen.

Ich frage, was denn geschehen sei, damals, mit meiner Mutter.

Wir müssen nicht alles wissen, antwortet sie schnippisch.

Für Spielchen ist der Zeitpunkt jetzt nicht sehr geeignet. Sie soll mir einfach erzählen, was sie weiß.

Ich fühle noch immer ihre Verachtung, aber ich lasse mich nicht aus der Fassung bringen, sie mag von meiner Mutter denken, was sie will, ihre Meinung interessiert mich nicht. Ich neige den Kopf eine Spur zur Seite und versuche, geduldig zu erscheinen. Mit einem Mal empfinde ich es als eine Art Pflicht, dieses Gespräch zu führen.

Ich weiß es nur von Andrej, wiederholt sie. Ich glaube, ich kann es verstehen, Nadja, ich bin so froh, dass Sie mit mir sprechen, ich bin ja nur kurz in Sankt Petersburg.

Sie greift nach ihrer goldenen Uhr. Während sie die Uhr zwischen ihren Fingern hin und her pendeln lässt, fährt sie fort. Deine Mutter war bei den Demonstrationen dabei, das wird sie dir sicher erzählt haben. Nein, davon hat sie uns nichts erzählt, sie hat überhaupt nie etwas erzählt, betone ich in der Hoffnung, Nadja zum Weiterreden zu bewegen. Sie wirft mir einen verständnisvollen Blick zu. Damals marschierte ein großer Teil der Bevölkerung mit, führt sie aus, vor allem Studenten, deine Mutter war damals im ersten Studienjahr, wie alt wird sie gewesen sein, achtzehn, neunzehn? Bei einer dieser großen Demonstrationen wurde sie umgerannt, sie hat es einmal selbst erzählt, auf Drängen der Männer, als sie an einem Abend von dem Tag sprachen, an dem die meisten Verhaftungen stattfanden. Sie hatte sich am Rand still verhalten, als es in der Menge zum Chaos kam, man hatte ihr den Absatz vom Schuh getreten, und sie wartete stundenlang mit einem blutenden Knie. Sie hielt durch, bis die Menschenmenge vorübergezogen war, und stolperte dann zum nächsten Schuster.

Hat Mama das selbst erzählt?

Nadja nickt. Aber mehr nicht, den Rest weiß ich von Andrej.

Dort wurde sie von einem jungen Mann an seinen Leisten sofort bedient, obwohl eine Riesenschlange wartete, Andrej wusste genau, um wen es ging, er war nämlich von dem jungen Mann beeindruckt. Wenn ich mich recht erinnere, hieß der Schuhmacher Dimitri. Andrej meinte, dass er dort arbeitete, um seinen Lebensunterhalt zu verdienen, eigentlich war er Student und vor allem ein Aktivist. Sie verzieht nervös die Lippen, wodurch die Falten um ihren Mund stärker hervortreten. Ja, diese Eva, mit einem Aktivisten, sagt sie halb zu sich selbst. Allmählich scheint eine Geschichte durch, aber ich bekomme sie noch nicht in den Griff. Dieser Dimitri war offenbar attraktiv, laut Andrej hatte er Ähnlichkeit mit Valentin Serow, das sagte er einmal, als wir dessen Porträt im Museum hängen sahen. Sagt dir das Gemälde etwas?

Ungeduldig schüttle ich den Kopf. In unserem Museum hängen mehr Porträts, als ich Leute kenne, nein, ich habe kein Bild vor Augen. Ist ja auch gleich, sagt sie ruhig, sie waren jung und verliebt, und das ging monatelang so. Aber eines Nachmittags kam Eva aus der Gegend südlich von Brünn, bei Tyrnau, zurück, wo sie mit Kommilitonen Zigaretten einkaufte. Sie organisierten für die Universität den Zigarettenschmuggel, im Süden waren sie billiger. Sie kam gegen Abend zurück und eilte zur Schusterwerkstatt, um Dimitri von der Arbeit abzuholen, und da stand plötzlich dein Vater im Laden, natürlich mit seinen Männern. Ein Teil seiner Einheit hatte ihn begleitet, unter anderem mein Andrej. Sie gingen die Straßen und Geschäfte ab, um zu demonstrieren, wer nun das Sagen hatte in der Stadt. Herzlich wurden sie nicht empfangen, das wirst du verstehen. Andrej erzählte mir, wie Vadim deine Mutter angesehen hat; Vadim sagte nach dieser Begegnung zu seinen Männern, dass er sich geirrt habe, bis zu diesem Tag hätte er gedacht, die schönsten Frauen seien Russinnen.

Nicht verwunderlich, denke ich bei mir. Mama musste sich nie Mühe geben, um Eindruck zu machen.

Trotz ihres Aussehens wurde sie einige Wochen darauf eingesperrt, erzählt Nadja und schlägt ihre Beine übereinander. Mein Blick fällt auf ihre geschnürten Männerschuhe. Wahrscheinlich hat jemand sie verpfiffen, vermutet Frau Orlinski, oder sie hatten an dem Nachmittag in der Schuhmacherei gesehen, dass im Auto Waren lagen. Wie auch immer, deine Mutter wurde mit ein paar Kommilitonen verhaftet, verhört und landete in der Zelle.

Meine Mutter in der Zelle. Die Worte kommen aus ihrem Mund, klingen aber wie aus weiter Ferne. Mama als neunzehnjähriges Mädchen in der Zelle. Mir dreht sich der Magen um. Ob ich etwas essen möchte, fragt sie. Nein, vielen Dank. Wie fürchterlich, Nadja.

Sofort verzieht sie ihre Lippen zu einer Art Lächeln. Kopf hoch, Kind, es war nur für sehr kurz. Vadim hat sie herausgeholt. Andrej hat erzählt, Vadim musste kaum eine Erklärung abgeben, er bekam sie gleich mit. Obwohl es gegen seine Prinzipien war. Denn dein Vater war für seine Korrektheit bekannt, niemand mochte glauben, dass er einfach jemandem zu Hilfe kam, der kein Recht darauf hatte. Andrej war dabei und sah, wie alle anderen hinter Schloss und Riegel blieben und nur Eva gehen durfte. Sie konnte es offenbar selbst nicht glauben. An diesem Abend ist sie mit Vadim gegangen, wie soll ich es ausdrücken. Nadja macht eine Pause und greift nach ihrer goldenen Uhr. Sie stand bei Vadim in der Schuld, sagt sie leiser. Ihre Augenbrauen bleiben ein wenig zu lang hochgezogen. Während ich beobachte, wie sie an ihrer Halskette nestelt, fühle ich einen Ekel in mir aufsteigen, aber ich zwinge mich, dieses Gefühl für mich zu behalten.

Ich erzähle es nur, weil du danach fragst, wiederholt sie. Danke, Nadja, vielen Dank. Mich überkommt der Impuls, ihr schon jetzt zu danken, man stelle sich vor, sie überlegt es sich plötzlich anders und spricht nicht weiter.

Nach dieser einen Nacht, oder dem «Ausflug», wie Andrej es bezeichnete, blieb Eva einfach bei Vadim. Ach ja, das muss jeder für sich selbst entscheiden; sie schlägt die Augen nieder, und als sie wieder aufschaut, ist ihr Blick mit einem Mal düster. Und als wäre das noch nicht genug, fährt sie gedankenverloren fort, passierte einige Wochen darauf etwas

Tragisches. Dieser Dimitri verschwand. Angeblich handelte es sich um einen Unfall. Als Andrej es mir erzählte, zog er eine bedeutungsvolle Miene. Die Eltern des Jungen erhielten einen offiziellen Brief, ihr Sohn sei verunglückt. So machen sie das noch immer, hier, das weißt du, so einen Brief kannst du bekommen, wenn dein Sohn beim Militär ist. Aber dieser Schuhmacher war nicht einmal Soldat.

Andrej hat später gehört, dass Dimitris Untermietzimmer auf der Suche nach Beweismaterial auf den Kopf gestellt worden war, als ob es sich um einen bedeutenden Aktivisten gehandelt hätte. Und wenn man sich auf die Suche macht, findet man auch immer etwas. Sie sollen etwas gefunden haben, antikommunistische Papiere und einen großen Leimvorrat aus der Schusterei. Damit wurden die Plakate für die Aufstände in der Stadt geklebt.

Ein Schuster, der Geliebte meiner Mutter, verschwindet. Andrej war nicht ihr Geliebter, wurde aber wohl aus unserer Wohnung geworfen. Von meinem Vater, der sie damals beschützt hatte.

Machte sich meine Mutter denn nicht auf die Suche?

Nadja nickt ein paarmal, doch natürlich, wenn dein Freund einfach verschwindet. Andrej erzählte, wie er sie in der Stadt hatte herumlaufen sehen, nachdem sie bei der Polizei gewesen war. Natürlich bat sie Vadim ebenfalls um Hilfe, und er wollte sein Möglichstes tun, aber auch er hatte keine Antworten. Das hat ihm Andrej nie geglaubt, aber gut, wer weiß das schon.

Ich begreife, was Andrej durch die Blume sagen wollte.

In unserer heutigen Zeit haben die Opfer deshalb sogar eine politische Partei gegründet, sagt sie, das wirst du bestimmt wissen. Die Soldatenmütter. Sie behaupten, dass ihre Söhne dem Ehrgeiz von Generälen geopfert wurden, oder um etwas zu verschleiern. Eine unnütze Partei, in unserem Land ist dafür kein Platz. Wir nennen sie auch die Partei der Aussichtslosen.

Seltsamerweise habe ich nicht den Eindruck, dass sie mir etwas verschweigt. Im Gegenteil: Ich glaube sogar, dass sie mir alles mitteilt, was sie je von Andrej gehört hat.

Mein Andrej, der unterstellte alles Mögliche, vor allem, wenn er ein bisschen getrunken hatte. Darüber ärgerte sich dein Vater ganz fürchterlich.

Ich sehe an ihr vorbei zu dem dunklen Schränkchen mit dem Foto. Meine Augen sind ein wenig zusammengekniffen. Vielleicht hat sie recht, vielleicht flog er nicht so auf meine Mama. Basierte ihre Freundschaft dann allein auf der Vergangenheit? Nadja bemerkt meinen Blick und macht eine Vierteldrehung, damit sie ebenfalls das Schwarz-Weiß-Foto anschauen kann. Stiller als jetzt ist es nicht gewesen.

Als sie den Kopf wieder mir zugewandt hat, sagt sie, es tue ihr leid. Es müsse für mich unangenehm sein, eine solche Geschichte über meine Mutter zu hören.

Ich versuche, mit den Schultern zu zucken. Es ist keine Geschichte über meine Mutter.

Ich nehme mir vor, nicht die Kontrolle zu verlieren, und wende mich erneut an sie. Was ich nicht verstehe, sage ich ruhig, selbst wenn dieser Schuster verschwunden war, warum musste Mama dann nach Russland ziehen?

Ach ja, Kind. Das solltest du vielleicht doch deine Mutter fragen, die weiß das besser als wer auch immer.

Ich kann es sie nicht fragen, Nadja, sage ich. Ich ärgere mich über meine Stimme, die beinahe flehend klingt.

Sie nickt, als könne sie das verstehen.

Warum musste sie fortziehen?, wiederholt sie. Es musste

nicht sein, es war eine Entscheidung. Ein gut aussehender Mann. Vielleicht Liebe. Und sie war schwanger.

Mein Fuß dreht sich schnell im Kreis. Sie war schwanger, aber ihr Geliebter war verschwunden. Ich versuche, ruhig zu atmen. Sie liebte den Schuhmacher, aber sie hatte sich von meinem Vater verführen lassen, der nicht mehr war als ein attraktiver, mächtiger Mann. Es war eine Entscheidung, sagt Nadja. Und sie wurde schwanger, ohne zu wissen, von wem?

Nadja will den Streit zwischen den Männern erklären, ohne zu ahnen, was sie mir eigentlich erzählt. Verurteile es nur nicht, mein Kind, rät sie mir, als ob ich meine Mutter wegen ihrer Geschichte verurteilen würde. Wer weiß, vielleicht ist sie einfach eifersüchtig und hat alles aufgebauscht, um Mama in ein falsches Licht zu stellen. Aber den Eindruck macht sie eigentlich nicht. Ich begreife, dass ich Mama selbst danach fragen muss, dass ich ehrlich mit ihr sprechen möchte.

Mit dem Strom schwimmen, nennen wir das hier, überleben, behauptet Nadja, noch immer in dem Versuch, das Verhalten meiner Mutter zu rechtfertigen, obwohl sie es schon längst verurteilt hat.

Es fällt mir schwer, zuzuhören, ich möchte mir einreden, dass Mama ihn geliebt hat, anders kann es nicht sein, sie hat ihr Leben mit Papa verbracht. Ich muss einen klaren Kopf behalten, vor allem nicht den Faden verlieren, jetzt, wo ich hier bin.

Hat Andrej das erzählt, dass sie mit nach Russland ging, weil sie schwanger war?

Das weiß ich nicht mehr, seufzt Nadja. Ich weiß nur, dass auch schmutziges Wasser den Brand löscht.

Liegt da etwas Vergiftetes in ihrer Stimme, oder bilde ich mir das ein?

Kind, du siehst müde aus, willst du nicht doch etwas essen?

Allein der Gedanke dreht mir den Magen um. Ich danke freundlich, zum x-ten Mal. Sie legt den rechten Zeige- und Mittelfinger bedächtig an ihre Lippen. Ehrlich gesagt, Lunia, ihre Stimme ist ein wenig leiser als eben noch, dann legt sie ihre Hand auf die Brust, als wolle sie eine letzte Wahrheit verkünden, ehrlich gesagt, wiederholt sie, denke ich, dass sie nicht in Brünn ihre Freiheit verlor, sondern dass sie sich selbst zur Gefangenen gemacht hat, und weil sie dort ihre Freunde verloren hatte, war sie eine einsame Gefangene. Andrej hat alles mitangesehen. Und wenn sie ab und zu hierherkam, um darüber zu reden, hörte er sie geduldig an. Was ich nicht klug fand, aus Achtung vor Vadim.

Ständig reitet sie auf dieser zerbrochenen Freundschaft herum, die mir völlig einerlei ist. Sie klingt immer ein bisschen demütig, wenn sie über Papa spricht, der in ihren Augen noch immer der hohe Offizier ist.

Ich starre auf die leere kleine Schale auf dem Salontisch zwischen uns und muss daran denken, wie Papa jetzt daliegt. Ich bin lange genug hier gewesen, es war Papas Wunsch, jetzt kann ich wieder gehen.

Ob es noch etwas gebe, das ich wissen sollte, frage ich. Sie schüttelt den Kopf. Gut, dass ich ihr nicht von meinem anfänglichen Verdacht gegen Andrej erzählt habe. Was ich denke, ist ziemlich egal. Ich schüttle meine Haare locker, die sich dauernd weigern, wie ein Vorhang über mein Gesicht zu fallen.

Ich danke ihr und sage, dass ich jetzt gehen müsse, ich würde erwartet. Sie sagt, dass ich immer willkommen sei, hab keine Scheu, mein Kind.

Sie hoffe, dass sie mir helfen konnte.

Ja, Sie haben mir sehr geholfen.

Ach ja, sagt sie ins Nichts, es ist eine Wahrheit, aber es gibt so viele Wahrheiten in diesem Land, oder vielleicht gibt es ja auch gar keine, sagt sie leise. Macht sie jetzt einen Rückzieher? Oder hat sie Angst vor meinem Vater, der sich kaum noch aufsetzen kann? Oder vor meiner Mutter, die noch um Andrejs Aufmerksamkeit gebettelt hatte? Als ob es ihm nicht auch gefallen hätte. In meinem Kopf überschlägt sich alles. Ich entschuldige mich, es ist schon spät, ich muss los.

Als ich aufstehe, fühlt es sich an wie aufsteigen und abstürzen zugleich.

Auch sie hievt sich aus dem dunkelgrünen Sessel. Mit dem Zeigefinger tupft sie an ihre Mundwinkel, als wäre dort Speichel zu sehen.

Ich ziehe meine Jacke wieder an und hänge mir die Tasche über die Schulter. Ohne noch einen Blick auf das Porträt zu werfen, gehe ich hinaus in den Flur. Auch dort riecht es noch immer nach Essen. Wieder knarrt die Wohnungstür. Hat sie denn kein Öl im Haus?

In der Tür küsse ich Frau Orlinski zum Abschied. Sie flüstert, ich könne immer zu ihr kommen, sie sei meist zu Hause. Und dann schlägt sie vor, ich solle doch einmal mit meiner Mutter reden und ich dürfe durchaus sagen, dass ich bei Nadja gewesen sei, die mir aber nur erzählt habe, was sie von Andrej wisse.

Das werde ich bestimmt tun, sollte es zur Sprache kommen.

Nimm es mir nicht übel, wenn ich bittere Gefühle in dir geweckt habe, sagt sie schließlich. Im Gegenteil, lüge ich höflich. Sie streichelt meinen rechten Ärmel.

Als ich mich schon einige Schritte von ihrem Haus entfernt habe, ruft sie mir etwas nach. Ich drehe mich um und versuche zu lächeln.

Ich kämpfe gegen ein Schwächegefühl in meinen Beinen. Hat Mama all das mit Andrej besprochen? Sie wird es sich vielleicht gefragt haben, aber die Anschuldigung ist unerhört. Unerträglich. Ein Zusammentreffen von Umständen, wie oft habe ich das schon hören müssen. Wie hat es dort gestunken, unglaublich. Oder hat Andrej sich das alles ausgedacht, nachdem er die Hoffnung aufgegeben hatte? Wurde er von Mama abgewiesen und kam danach mit dieser Geschichte an? Eine bessere Art, Papa anzuschwärzen, gibt es nicht.

Solche Geschichten gehören zu anderen, nicht zu mir. Ich bin einfach eine Frau aus einer russischen Familie, die derzeit im Westen verkehrt und sich fortpflanzt, wie unzählige andere auch. Ich will keine Frau mit einer Geschichte sein, ich muss nicht begreifen, weshalb ich mit einer Mutter aufwuchs, die sich selbst zur Gefangenen gemacht haben soll. Sie hat uns jeden Tag zu essen gegeben, sie hat uns erzogen und mitten in der Nacht meine Kinderkotze aufgewischt. Die kalte Luft ist angenehm auf meinem Gesicht. Mir steht es frei, zu denken, was ich will, ich muss niemandem Rechenschaft ablegen über meine Gedanken. Ich darf sie eine Schlampe nennen, keiner wird es je erfahren. Aber meine Mutter ist keine Schlampe. Sie war jung und unvorsichtig, aber wer immer vorsichtig ist, kann nicht leben, hat mich Papa gelehrt. Jahre später fuhr sie heimlich nach Moskau, vielleicht versuchte sie, dort ihren Dimitri zu finden.

Nein, sie hatte sich eindeutig für Papa entschieden. Für die Sicherheit eines Lebens mit einem hochrangigen Offizier und gegen eine unsichere Existenz als schwangere Studentin. Zu ihren eigenen Eltern hatte sie kein gutes Verhältnis, das haben Lew und ich immer zu hören bekommen, also sicher auch dann nicht, als sie runder wurde. Nein, es gibt keine wichtigen Fragen mehr. Nicht einmal zu Moskau. Darüber habe ich sie nie mehr etwas sagen hören, vielleicht habe ich eine verzerrte Erinnerung an diesen Streit? Ich möchte nur noch eines: dass sie weiß, das Kind, das damals in ihrem Bauch war und inzwischen eine erwachsene Frau ist, kennt die Geschichte ihrer Mutter.

Eine Mattheit drückt mich nieder. Die Tasche rutscht mir von der Schulter, ich schiebe sie zurück. Ich sollte etwas essen, aber mir ist noch immer schlecht von dem Geruch.

Ich nähere mich dem Jusupow-Palast. Sollte ich erleichtert sein?

Andrej ist nicht mein Vater.

Bin ich dann das Kind eines Schuhmachers, den man verschwinden ließ? Oder die Folge einer Gefängnisstrafe?

Ich weiß nicht, was ich eigentlich hören wollte.

Der Jusupow-Palast ist wunderbar restauriert. Wie oft hat sie mir erzählt, dass Rasputin in diesem Palast seine letzte Mahlzeit einnahm.

Ich kann mir nicht vorstellen, dass je eine Zeit kommt, in der man alles hinnehmen muss, in der es auf nichts mehr ankommt. Jetzt kommt es noch darauf an.

An der Haltestelle gegenüber dem Palast setze ich mich neben ein Touristenpaar, das bestimmt wegen des westlichen Cafés gekommen ist. Ich glaube nicht, dass ich hier je zuvor auf der Straße Englisch gehört habe. Mama hat recht, es hat sich eine Menge verändert. Nichts ist mehr, wie es war, sagt sie so oft.

Aber dass das auch für mich gilt, das wusste ich nicht.

Heute steht die x-te Ehrung von Überlebenden auf der Tagesordnung. Diesmal geht es um die Blockade von Leningrad. Meine Mutter sitzt am Radio und sagt, dass es niemals aufhöre, immer wieder sei die Rede von neuen Überlebenden, die vor allem illustrierten, dass die meisten Menschen eben tot seien. Dass sich die meisten zu Tode schuften müssten für dieses Land. Papa hätte eigentlich hingemusst, nicht um eine Medaille in Empfang zu nehmen, sondern einfach, um dabei zu sein, um sein Gesicht zu zeigen. Das hört nie auf, wie alt sie auch werden.

Die Überlebenden bekommen eine Medaille aus Blech und eine Zuwendung, von der sie kaum ein Kilo Kartoffeln kaufen können. Die Blockade der Stadt wurde vor gut sechzig Jahren aufgehoben, und das muss gefeiert werden. Sie kennt die genauen Daten nicht, wir werden es gleich im Radio hören, wie diese Tausende von alten Leuten Schlange stehen, um beleidigende Geschenke in Empfang zu nehmen. Aber wenn du Hunger hast, bist du über jede Kartoffel froh, sagt meine Mutter. Und in einem Land mit mehr als dreißig Millionen Rentnern braucht man nicht auf viel Unterstützung zu hoffen. Die Armutsgrenze wird einfach korrigiert, verkündet sie. Heute, wo schon vierzig Prozent der Bevölkerung unter dieser Grenze leben, wird sie wieder angepasst, aber irgendwann funktioniert das Spielchen natürlich nicht mehr. Mit einer Hand hält sie ihren halb verrutschten Knoten fest, mit der anderen dreht sie das Radiogerät aus. Die restlichen Nadeln muss sie noch feststecken. Bestimmt berichten sie gleich wieder über die Ehrung, es ist fast die volle Stunde, Zeit für die Nachrichten.

Wie aufmerksam ist doch ihr Blick in den Spiegel, während sie sich zurechtmacht. Als sie sieht, wie ich sie betrachte, lächelt sie. Könnte ich nur diesen Kopf hier so feststecken, alles an den richtigen Platz. Ich sage, dass es halb so schlimm sei, dass sie prima aussehe.

Sie schüttelt den Kopf, sagt, alles hängt. Es fängt bei den Lidern an, hier, schau nur, und von dort aus sackt es durch meinen ganzen Körper, nach unten. Sie betrachtet sich. Doch komisch, dass wir das Verschwinden immer erst bemerken, wenn es schon passiert ist. Aber ich muss es nicht bedauern, es gibt niemanden mehr, der danach schaut.

Ich denke an Nadja in ihrer grauen Weste, aber die war nie attraktiv, auch nicht, als sie jung war. Als es lange still bleibt, fragt sie, woran ich dächte.

Früher, sage ich, stand ich genauso da und sah dir zu, wenn du dich geschminkt hast.

Sie ist noch immer schön. Und noch immer unerreichbar.

Sie beginnt sich zu entschuldigen, sie hat verschlafen, was ihr eigentlich nie passiert, aber wiederholt misslang ihr Versuch, aufzustehen. Und sie findet es schlimm, dass ich allein ins Krankenhaus musste.

Ganz im Gegenteil, denke ich.

Mit dem Rücken zu mir sagt sie, dass sich der Schmerz in ihren Gelenken gebessert habe. Wie es Papa gehe, will sie wissen.

Ich glaube nicht, dass ich darauf antworten möchte. Gut, Mama. Sie dreht sich mit müden Augen zu mir um, mit einem heimlichen, stillen Lächeln, zufrieden, dass ich wieder zu Hause bin. Um zu verhindern, dass sie noch weiter darüber redet, wechsle ich das Thema. Als ich zurückkam, stand ein Motorrad mit Beiwagen vor dem Hauseingang, sage ich, so etwas habe ich seit Jahren nicht mehr gesehen. Es war übrigens ein komisches Motorrad, es konnte nicht einmal jemand darin sitzen, es sah so aus, als hätte man einen hölzernen Kasten daraufmontiert.

Ein Blick des Erkennens huscht über ihr Gesicht, während sie nach einer weiteren Nadel greift. Die Minsk gehört einem der Nachbarn, erzählt sie, er hat den Beiwagen tatsächlich umgebaut, um damit alles Mögliche zu transportieren, ich glaube, er ist Klempner. Er wohnt seit Jahren in der Stadt, denkt aber noch immer, er würde in der Provinz leben.

Ich betrachte sie, im Spiegel. Vorsichtig fühlt sie an ihrer Schläfe, sie reibt ein paarmal darüber, um mir zu bedeuten, dass sie Kopfschmerzen hat, eine Geste, die ich ignoriere.

Als sie reglos sitzen bleibt, wird mir unbehaglich. Ich erkenne den Blick, leer und unergründlich, sie driftet weg, als ob sie wieder in einer anderen Welt aufginge, sie wird mich nicht einmal hören.

Ob ich Vaters Besteck mitgebracht hätte, damit sie es abwaschen könne, fragt sie. Total vergessen. Aber ich hatte auch keinen sauberen Bestecksatz dabei, es wäre sowieso nicht gegangen. Also werde sie später selbst einen mitnehmen, sagt sie, wenn sie wieder ins Krankenhaus fahre.

Ob ich mal bitte abnehmen könne, fragt sie, als das Telefon läutet. Ich haste in den Flur. Wenn es nur nicht Nadja ist.

Bas macht sich Sorgen, er hat lange nichts von mir gehört. Ich habe gar nicht mehr daran gedacht, ich hätte natürlich zu Hause anrufen müssen. Ich entschuldige mich und erzähle, dass es meinem Vater den Umständen entsprechend gut geht. Bas will wissen, wie es mir geht.

Prima, sage ich. Ich kann jetzt nichts erzählen, auch wenn meine Mutter es nicht versteht, ich kann nicht neben ihr stehen und über sie reden.

Er will wissen, was ich alles unternehme.

Was kann ich schon unternehmen, raunze ich.

Du bist wieder in einer super Laune, Lunia.

Wenn er wüsste.

Ich ignoriere seine Bemerkung und frage, wie es Reuben gehe. Gut. Immer gut – ein Seitenhieb, als ob es ihm vor allem gut ginge, wenn ich nicht da bin. Verdammt noch mal.

Beruhige dich doch, Lunia.

Er hat recht. Ausführlich erzählt er von Reuben, wie sie sich mit Zahlen beschäftigt haben. Seine Stimme klingt fröhlich, worauf ich mich besser fühle.

Nachdem ich Tschüss gesagt habe, eile ich zu meiner Mutter zurück, die gerade ihre Haare aus der Bürste auskämmt. Schlagartig erinnere ich mich an die Reihenfolge. Sobald sie die Haare weggeworfen hat, spült sie den Kamm mit klarem Wasser, danach noch einmal die Bürste.

Alles in Ordnung zu Hause?, will sie wissen. Sie wirft mir einen fragenden Blick zu, aber ich sehe, dass sie ganz woanders ist.

Nadja sagte, dass ich danach fragen sollte. Aber wie in Gottes Namen? Wie beginnt man so ein Gespräch?

Mama merkt nicht einmal, dass ich etwas auf dem Herzen habe. Schon als Kinder fühlten wir, wenn für uns kein Raum war. Mama hat sich wieder zugeriegelt, sagte Lew manchmal zum Scherz.

Damals dachten wir noch, es wäre ein Spiel.

Ich gehe in mein Zimmer und schließe die Tür. Mit dem rechten Stiefel schiebe ich den linken von meinem Fuß. Den rechten stoße ich mit den Zehen weg. Die Strümpfe behalte ich an. Kurz auf dem Bett liegen, kurz nicht bewegen. Ich werde versuchen, nicht zu denken. Eine Hand liegt an meiner Seite, die andere unter meinem Kopf.

Am liebsten würde ich es Aleksandr erzählen. Er weiß, wie wir hier aufwuchsen. Alles war rätselhaft, das einzig Klare war, dass wir gehorchen mussten. Ich lasse meine Augen kurz zufallen und denke plötzlich daran, wie Reuben einmal auf dem Gehsteig malen wollte, das hatte er in der Schule gelernt. Es kostete mich Stunden, mich mit dem Gedanken vertraut zu machen, dass man auf dem Gehsteig malen konnte, ohne von der Polizei am Schlafittchen gepackt zu werden. Ich will nach Hause. Alex muss sagen, dass alles gut wird.

Erst als meine Mutter ruft, geht mir auf, dass ich zu lange in meinem Zimmer geblieben bin.

Bevor ich mich's versehe, steht sie vor mir und fragt, weshalb ich so müde sei.

Ich bleibe mit angezogenen Beinen liegen, zu faul, die Decke über mich zu ziehen.

Vielleicht hätte ich dich heute früh doch nicht allein gehen lassen sollen. Sie gibt ihr Bestes. Wenn ich dich so liegen sehe, muss ich an früher denken, wie du dich neben mich gekuschelt hast, als Kind.

Ich finde es schön, wenn sie so etwas sagt, und ich erkenne es auch gleich wieder, Reuben macht das auch.

Vielleicht tun das alle Kinder, lege ich nahe.

Ja, das meint sie auch.

Ein Kind sucht Sicherheit, denke ich, ohne es laut zu sagen.

Ich brauche dringend frische Luft, aber es dämmert schon, es ist zu spät, um noch aus dem Haus zu gehen.

Sie hat sich auf meine Bettkante gesetzt, wir sprechen nicht. Reuben kriecht noch immer zu mir ins Bett, um sich dann an mich zu kuscheln. Vergangenen Sommer schauten wir gemeinsam aufs Meer, er saß zwischen meinen Beinen und spielte im Sand. Schau, sagte er und zeigte auf die Wellen, danach drehte er sich um, damit ich seine Hände besser sehen konnte. Sie liegen nebeneinander wie wir morgens im Bett. Er ließ sein Köpfchen seitlich auf den Händen ruhen, schloss ganz kurz die Augen. Seither denke ich an die Wellen im Meer, wenn er frühmorgens seinen kleinen Körper an meinen rollt. In derselben Woche suchten wir tagaus, tagein nach Muscheln. Selbst wenn eine Ecke abgebrochen war, wollte er sie haben. Ich ärgerte mich über die kaputten Muscheln. Aber er blieb eisern. Auch wenn ein Stückchen fehlt, gebärdete er, ist es doch eine Muschel. Und er fand sie auch noch schön.

Sie fragt, woran ich dächte. Meine Hand liegt unter meinem Kopf.

Ich wage es nicht, von Nadja zu erzählen. Das Kind einer schweigenden Mutter macht keinen Lärm.

Als sie begreift, dass ich nicht vorhabe, mich zu beugen, dass ich mich sogar sicher fühle, so in mein Kinderbett verkrochen, in meiner vertrauten, dunklen Höhle, steht sie auf und holt das Radiogerät aus dem Bad. Um mit deinem Vater zu sprechen: Manche Frauen haben eine Tasche, andere ein Radio.

Ich finde es schon putzig, wie sie das Ding immer mit sich herumschleppt.

Ich hätte gern solche Stimmen, die nie sagen, was wirklich los ist, spottet sie.

Sie versucht mich aufzumuntern, während sie sich wieder auf den Bettrand setzt, der sich heute anfühlt wie eine eiserne Schwelle. Dass ich so lange im Krankenhaus geblieben sei, bemerkt sie, ob Papa denn heute nicht müde gewesen sei?

Papa, sagt sie. Ich schüttle den Kopf. Es tue ihr leid, dass sie nicht mitgegangen sei.

Mich jetzt umzudrehen wäre unhöflich, ich darf ihr nicht den Rücken zuwenden. Zum Glück hat sie den Radioapparat noch nicht eingeschaltet, ich könnte den Ton nicht ertragen. Kurz darauf verlässt sie mein Zimmer, vermutlich ärgert sie sich über mein Schweigen. Sie lässt die Tür einen Spalt offen, das Radio nimmt sie mit. In mir ist eine Wut, mit der ich nicht zurande komme, die bringt mich natürlich keinen Millimeter weiter, das ist mir schon klar. Ich kann die Stunden zählen, und in null Komma nichts bin ich schon wieder abgereist, dabei möchte ich doch nichts lieber, als mit ihr sprechen. Ich weiß es, Mamička, möchte ich sagen, ich weiß jetzt, woher es kommt. Dann wird sie die Decke wie einen schützenden Mantel über mich legen, sie wird mich auf die Wange küssen und flüstern, dass das alles nebensächlich sei, dass sie meine Mutter sei, die mich liebe, und das sei das Einzige, was zähle, und der Rest, der Rest sei Nebensache oder Vergangenheit, jedenfalls lohne es nicht, deswegen zu grübeln. Wir beide, mein Liebes, das ist doch die Kraft, dafür habe ich gekämpft.

Aber über mir liegt keine Decke, mir wird nicht ins Ohr geflüstert. Habe ich denn je für etwas gekämpft?

Eine Viertelstunde später schleiche ich ins Wohnzimmer. Ich frage, ob ich störe, wie ich es gewohnt bin, zu fragen.

Sie blickt auf, nie, antwortet sie. Dieses «nie» bedeutet «eigentlich stört mich immer alles, aber ich werde es nie zugeben».

Ich soll dich vor allem von Pavel grüßen. Dass für ihn ihre Abwesenheit schlimmer war als für Papa, verkneife ich mir.

Um ihren Mund spielt wieder ein zufriedenes Lächeln. Ach ja, er redet gern über früher.

Und du anscheinend auch, Mama.

Sie überhört die Bemerkung und wendet ihr Gesicht ab. Aber das lasse ich ihr nicht durchgehen. Warum sprichst du stundenlang mit einem wildfremden Mann, und uns hast du nie davon erzählt, Mama?

Es tue ihr leid, bekomme ich plötzlich zu hören, aber sie habe Gründe, die sie lieber für sich behalten möchte. Das solle ich respektieren.

Das kann ich mir vorstellen, Mama, aber selbst wenn es Gründe gibt, gute Gründe, könntest du trotzdem mit mir sprechen, ich bin dein Kind.

Pavel will über früher reden, sagt sie nach einem langen Schweigen, weil wir damals bei denselben Demonstrationen mitgemacht haben, er in Prag, ich in Brünn. Aber es ist nicht interessant, Lunia, sogar völlig uninteressant.

Ob sie mir davon erzählen könne, bitte ich mit etwas mehr Stimmvolumen. Sie schaut mich auf einmal so traurig an, dass ich mich für mein Benehmen schäme. Ich will dich damit nicht belasten, Lunia.

Du belastest mich nicht, Mama, ganz im Gegenteil.

Sie bewegt sich Richtung Küche, das erkenne ich sofort, diese Notwendigkeit des Ortswechsels.

Vorsichtig frage ich, warum sie denn nicht mit mir reden möchte, und darauf antwortet sie entschieden, es sei nicht der richtige Moment.

Es gibt keinen richtigen Moment, sage ich.

Ich rede um den heißen Brei herum, eigentlich müsste ich jetzt fragen, nach Andrej und dem Schuhmacher.

Was ist nur heute mit dir los, Lunia?

Sie reibt ärgerlich ihre Schläfe, um mir zu bedeuten, dass es wieder nicht der richtige Moment ist, Aufmerksamkeit zu fordern.

Ich bleibe in der Küchentür stehen und sage zu ihrem Rücken: Ich habe heute mit Papa gesprochen.

Sie rührt sich nicht, lässt lediglich die Arme sinken, um sich mit einer Hand auf die Anrichte zu stützen.

Dass es nur kurz gewesen sei, deute ich an, es sei dort schwierig zu reden, dauernd mit diesem Pavel daneben.

Sie dreht sich um und fragt, was ich meine.

Nun kann ich nicht mehr zurück. Ich muss erklären, was besprochen wurde, und wenn wir nur ein paar Sätze darüber wechseln. Ich fange mit Doktor Galin an, der uns sagte, dass es nur allzu leicht wieder passieren könne, und wer weiß, ob Papa dabei nicht sein Sprachvermögen verliere.

Ich ärgere mich über meinen Einleitungsversuch. Als wäre ich gezwungen, in einem attraktiven Apartment einen Wasserfleck zu verheimlichen, obwohl ich weiß, dass es eine Frage von Sekunden ist, eine feuchte Zimmerdecke lässt sich nie verhehlen. Dass es das bestimmt häufig gebe, sage ich, dass Patienten erfühlten, was kommen werde.

Schlagartig verändert sich ihr Aussehen, und sie fällt mir ins Wort mit der Frage, ob ich deutlicher werden könne. Sie sieht durch mich hindurch, während ich noch immer in der Tür stehe, wie leicht wäre es doch, in jeder anderen Tür zu stehen, in der Tür zu einem Badezimmer, wo ich mitteilen kann, dass es zwei Waschbecken gebe, eine Badewanne und sogar eine separate Dusche, oder in der Tür zu einer Küche mit neuen Geräten, einer Kombimikrowelle, einem extragroßen Gefrierfach, hier, sehen Sie nur. Sie bleibt still, aber sie beherrscht sich. Das fühle ich, sie beherrscht sich.

Als ich zwei Minuten später noch immer nichts erklärt habe, wiederholt sie ihre Frage. Sie dreht den Verschluss ihrer Halskette an die richtige Stelle im Nacken. Immer senkrecht unter dem Haarknoten. Ihre kommunistischen Perlen lachen mich an. Papa hat sie ihr zur Geburt von Lew geschenkt. Was hat sie eigentlich zu meiner Geburt bekommen?

Schon als Kind hatte ich von ihr gehört, dass sie diese Kette damals von Papa bekommen habe. Ein paar Jahre vorher, was hast du damals bekommen, Mama? Oder war ich von einem anderen, und das wusstet ihr beide?

Ich möchte ihr die Kette vom Hals reißen, die Perlen auf den Boden prasseln sehen. Und gleichzeitig möchte ich es nicht wissen. Aber es lässt sich nicht mehr rückgängig machen, Papas Bemerkung hat dafür gesorgt, dass es sich nicht mehr rückgängig machen lässt.

Nur zu, sagt sie unfreundlich.

In mir kocht der Wunsch hoch, etwas zu sagen, das wie ein Schlag in ihr Gesicht ist. Ich muss mich zusammenreißen.

Papa sagte – aus unerfindlichem Grund fällt es mir nicht schwer, meine Stimme zu kontrollieren –, Papa sagte, dass ich vielleicht nicht seine Tochter bin.

Wie bitte? Sie lässt den Kopf sinken. Das geht nicht, sagt sie und überprüft mit den Fingern ihre festgezurrte Frisur. Das geht wirklich nicht, sagt sie noch einmal, und zwar fast geflüstert. Ich werde es mit deinem Vater besprechen.

Du musst es mit mir besprechen, Mama, nicht mit ihm.

Sie schaut mich an, schluckt und sagt dann, es müsse sich um ein Missverständnis handeln. Mit einer schnellen Bewegung dreht sie mir den Rücken zu und beginnt die Anrichte aufzuräumen.

Bitte, Mama!

Und dann steht sie plötzlich still. Ich erkenne die Haltung. Meist stand sie nachts stocksteif am Fenster. Ich konnte dann ganz leise ins Bett schleichen. Das Bild ist unverändert. Sie stand reglos da, wie jetzt.

Nach endlosem Schweigen drückt sie ihre Frisur an der

Seite noch fester und sagt dann, dass sie mich damit nicht belasten wolle.

Mein Gott, wie oft habe ich das schon hören müssen?

Das ist für mich die größte Last, Mama.

Sie bittet mich, es ihr nicht übel zu nehmen. Es bringt dir nichts, Kind, das kannst du mir glauben. Sie richtet sich auf und ringt die Hände. Als ob sie sich wieder selbst verriegelte. Und mich mit dazu. Ihr Schweigen ist der Riegel meiner Kinderjahre. Doch das funktioniert heute nicht mehr.

Sie verzieht die Mundwinkel. Als sie auf den Küchenstuhl sinkt, wirkt sie mit einem Mal älter, als sie ist, mir ist es recht, wir können uns auch setzen. Mit dem Blick einer Geschlagenen, den ich von ihr nicht kenne, flüstert sie, dass mein Vater das nicht hätte tun dürfen. Sie hätten eine ausdrückliche Vereinbarung, an die sie sich immer gehalten habe.

Das ist eine Sache zwischen euch, sage ich. Ich setze mich ihr gegenüber. Erst aus der Nähe sehe ich die kleinen, glitzernden Tröpfchen unter ihrer Nase, über ihrer Lippe.

Als sie weiter schweigt, raffe ich mich auf zu erzählen, dass er auch über Andrej gesprochen hat. Sie erschrickt, ich sehe es ihr an.

Ob ich denn nicht wisse, dass er schon tot sei.

Ich nicke. Warum sie mir das nie erzählt habe, frage ich, worauf sie gleichgültig mit den Schultern zuckt. Ich wusste, dass du noch schläfst, sage ich entschuldigend, und ich wollte besser verstehen, was Papa erzählt hat. Frau Orlinski hat mich eingelassen, ich bin direkt vom Krankenhaus zu ihr gegangen.

Sie reagiert nicht. Wie versteinert sitzt sie auf dem Küchenstuhl, ihre Augen werden glasig. Sie hat sich wieder davongemacht.

Wohin, das verstehe ich immer besser. Ihr Schuhmacher,

ihr Zigarettenschmuggel, ich lege alles behutsam auf unseren Küchentisch, ich fliege schon morgen zurück, viel Zeit bleibt nicht mehr. Sie verschränkt die Arme, ihre aufmerksam lauschende Haltung zeigt, dass sie nicht darauf eingehen wird. Ich fühle mich wie ein dummes kleines Kind. Einen Monolog zu halten, obwohl man weiß, dass man keine Antwort bekommt. Ich gebe all meine Karten aus der Hand. Mamička, bitte, ist das wahr, oder ist es eine verzerrte Erinnerung von Andrej? Hat Papa unrecht?

Ihre nächste Bewegung ist ein träges Kopfschütteln. Papa hat nicht unrecht. Aber sie möchte nicht darüber sprechen. Warum musste Nadja unbedingt erzählen, wie alles zusammenhing? Es wird ihr ein wahres Vergnügen gewesen sein, mich so darstellen zu können, noch dazu meiner eigenen Tochter gegenüber.

Ich verstehe noch so vieles nicht, Mama, warum bist du denn aus Brünn weggegangen und dazu in ein Land, das du nicht ausstehen kannst?

Ihre Wimpern senken sich, und zwar unendlich langsam.

Ich habe mich überwunden, das Wichtigste zu fragen, weshalb sie um Himmels willen flüchten musste, ob es denn keine andere Lösung gegeben habe.

Als sie mich wieder anblickt, sehe ich zum ersten Mal Tränen in ihren Augen.

Für uns, mein Kind. Ich habe es für uns getan.

Sie war zu jung, um für sich selbst zu sorgen, mich zu ernähren, obwohl es ihre Verantwortung gewesen wäre. Sie hatte das Gefühl, vollkommen in die Sackgasse geraten zu sein. In der Sowjetunion hieß es: Friss oder stirb.

Am Ende hat sie klein beigegeben. Sie musste einen Teil von sich zurücklassen, bei dem Dreibein, bei den Leisten. Die eine Tür schließt sich, die andere geht auf. Gezwungen oder freiwillig. Manchmal ist kein Unterschied mehr zu erkennen.

Während sie die Tröpfchen unter ihrer Nase mit dem Zeigefinger wegwischt, wird mir bewusst, wie außergewöhnlich es ist, dass sie darüber spricht. Anschließend tupft sie ihre Augenwinkel trocken und erzählt, wie ratlos sie war, sie dachte an die Gräuelgeschichten über Sibirien, sie konnte es nicht mehr ertragen, jahrelang hat sie noch gesucht und gehofft, aber mein Vater wollte nichts davon hören, er hatte bei seiner Arbeit genug solcher Fälle am Hals, sie fand sich damit ab. Im weichen Licht der Küche sieht sie mich verletzt an.

Es scheint mir vernünftig, Lunia, wenn du dasselbe tust – dich damit abfinden. Sie nickt irgendwie unerträglich, als würde sie einen Schlussstrich ziehen.

Die letzte Bemerkung klingt streng. Gut, sagt sie zwingend und beendet damit das Gespräch.

Wie du willst, denke ich. Mich damit abfinden. Weil sie das alles für uns getan hat, sie ist mit ihm nach Russland gegangen, um uns ein Leben zu sichern, und vielleicht auch, weil ich tatsächlich sein Kind bin. Dazu hat sie sich nicht geäußert, und sie möchte, dass ich mich damit abfinde. Ich versuche, ruhig zu atmen, und renne aus der Küche. Früher knallte ich die Tür hinter mir zu. Heute tue ich das nicht mehr.

Ich muss es sausen lassen. So geht das nicht. Auf der Bettkante sitzend versuche ich alles zu sortieren. Ende der sechziger Jahre, Tschechoslowakei, russische Einheiten auf den Straßen. Und sie war jung. Und wenn man jung ist, will man leben, dann tut man gelegentlich Dinge, die man besser nicht tun sollte. Sie war ein grünes Blättchen, das sich vom Sturm hochwirbeln ließ, aber dann kann man auch knallhart auf dem Boden aufschlagen. Alles gut und schön. Ich könnte das

Kind eines russischen Offiziers sein, aber auch das eines slowakischen Schuhmachers.

Ich lasse mich nach hinten aufs Bett fallen. Warum ist das eigentlich wichtig? Was ändert sich? Was würde es schon ausmachen, selbst wenn sie in dürren Worten sagte, du bist das Kind eines Schusters, der verunglückt ist, ohne irgendeinen Beweis.

Das Leben hat sich einen Scherz mit ihr erlaubt, und danach war sie nie mehr frei. Nie mehr frei von dem Teil, den sie dort zurückgelassen hat, in Brünn, bei den Leisten.

Durch die Flucht in die Arme eines Offiziers glaubte sie alles hinter sich lassen zu können, als ob man vergessen könnte, wenn man nur die Grenzen eines Landes überschritten hat. Du kannst so tun, als wäre das alles nicht passiert, aber dann musst du dein Kind belügen, damit später keine Fragen kommen, damit du später keine Schubladen aufziehen musst, die seit langem geschlossen sind. Sie will keine Fragen, auf die sie keine Antwort geben kann, sie will keine Geschichte von Menschen erzählen müssen, die gut sind, aber es nicht immer waren. Und wer der Vater des Kindes ist, wozu ist das wichtig. Es war letzten Endes gar nicht so schlecht, sie war nicht umsonst mit dem attraktiven Offizier fremdgegangen, besser hätte sie es nicht treffen können. Und er sorgte auch noch für das Kind.

Er hat gut für mich gesorgt, das gebe ich zu, ich hatte nie irgendwelche Zweifel, im Gegenteil, er war mir immer näher als meine Mutter.

Ich kehre in die Küche zurück. Sie hat mich nicht gehört, weil ich keine Schuhe anhabe. Sie trägt einen großen Topf, der auf den Ofen gestellt wird. Sie hat Gemüse und Kartoffeln aus dem Kühlschrank geholt. Ob ich helfen dürfe, starte ich einen Versuchsballon. Sie sieht mich an und wischt sich die Hände an der Schürze ab.

Tischdecken reicht.

Sie gibt mir zwei Gabeln, Messer und Löffel. Während ich zwei Servietten falte, verstehe ich immer besser, warum Andrej nicht mehr hierherkommen durfte, seine Unterstellungen müssen Papa verrückt gemacht haben. Sollte Papa etwas mit diesem Unfall – nein. Wollte Andrej einfach nur stänkern? Weil er Mama insgeheim doch liebte? Es muss eine Erklärung für Nadjas Unterton geben.

Ich hole zwei Gläser aus dem Schrank.

Ich wage nichts mehr zu fragen. Sie kocht jetzt so demonstrativ, dass unser Gespräch Vergangenheit geworden ist. Die Töpfe geben den Schlussakkord. Sie hat den Schalter wieder zurückgedreht, zurück zur Tagesordnung, wir dürfen uns vor allem nicht in der Geschichte verlieren.

Nachdem sie die Kartoffeln und das Gemüse auf unsere Teller geschöpft hat, setzt sie sich mit Schürze an den Tisch. Bas ärgert sich immer, wenn ich mich mit der Schürze zum Essen setze, nun weiß ich wieder, wo ich das herhabe.

Wir sitzen uns gegenüber. Wir müssten reden, aber ich kann das Thema nicht wechseln. Mir schwirrt der Kopf.

Auch Mama kriegt die Lippen nur auseinander, um das Essen in den Mund zu schieben. Obwohl ich einen Riesenhunger habe, bringe ich es nicht über mich zu essen, ein ziehender Bauchschmerz macht es unmöglich. Ich zerdrücke eine Kartoffel und nehme einen Bissen. Glühend heiß, wie immer. Sie ergreift die Gelegenheit, über die Zeit zu klagen, der Tag sei vorbeigeflogen, und sie habe nicht einmal mehr die Möglichkeit gehabt, ins Krankenhaus zu gehen. Ob wir morgen sehr früh aufbrechen könnten. Ja, natürlich.

Wir essen in minutenlangem Schweigen. Je mehr ich hinunterschlucke, desto elender fühle ich mich. Als setzte sich das Essen fest, bliebe irgendwo in meinem Zwerchfell hängen. Ich versuche diesen dumpfen Druck loszuwerden. Was wird sie im Krankenhaus besprechen? Ich muss kurz aufstehen, ich brauche mehr Luft.

Obwohl ich mit dem Rücken zu ihr stehe, um Wasser aus dem Hahn laufen zu lassen, weiß ich, dass sie mich betrachtet. Voller Überzeugung sagt sie, dass ich noch immer zu magere Beine hätte. Da hat sie völlig recht. Es sind keine Beine, auf denen man sicher stehen kann.

Ich fülle mein Wasserglas, wer ist wer? Ein Mann in Uniform und ein Mann bei den Leisten. Andrej wusste es, und er hat dafür büßen müssen. Der Schmerz gewinnt die Oberhand, meine rechte Hand legt sich auf meinen Bauch.

Erst als ich zum Tisch zurückkomme, merke ich, dass meine Mutter zusammengesunken dasitzt, mit dem Kinn auf der Brust. Mama?

Mühsam hebt sie den Kopf. Das Schwarz ihres Kajalstifts hat Halbkreise unter ihre Augen gezeichnet. Man sieht stärker als sonst ihre Falten. Ich habe es wirklich nur für uns getan, Lunia. Damit ist alles gesagt.

Ich nicke, obwohl ich nicht weiß, was ich davon halten soll. Ja, es ist eine Art, sich zu trösten, du musstest es für das Kind tun, das Mutterherz hat gesiegt. Das Bauchweh ist nach oben weitergezogen, ich spüre ein Stechen in meinem Kopf. Ich will mir doch Mühe geben, aber ich weiß nicht, woher ich die Kraft nehmen soll. Dieser Tag macht mir Kopfschmerzen. Ich will nur liegen. Aber ohne Schuldgefühle, die lasse ich mir heute nicht auch noch einreden.

Um wie viel Uhr wir morgen ins Krankenhaus gehen würden, frage ich.

Früh, Kind.

Dann lege ich mich gleich schlafen.

Sie kennt mich wie kein anderer. Ohne ein weiteres Wort trinken wir unsere Gläser halb aus.

Stieg sie mit jedem ins Bett, mit Offizieren und Schustern und allen anderen, ich habe keine Ahnung, möglicherweise kenne ich nur einen Teil der Geschichte. Sie gibt sich immer so still und ruhig, aber vielleicht steckt in ihr eine Schlampe. Was ist normal, was ist erlaubt, was nicht? Ich liege auf dem Bauch, kann aber nicht einschlafen. Schäme ich mich insgeheim für ihre Entscheidungen, dafür, wie sie es gemacht hat? Aber ich weiß auf jeden Fall, wer meine Mutter ist. Sie hat nie weggehen wollen, hat mich nie gebeten, sie zu begleiten, hat mich auch nicht zurückgelassen, sie hätte fliehen können, als sie es nicht mehr aushielt, aber all das tat sie nicht, im Gegenteil, sie steht mit beiden Beinen im Leben. Eines Tages wird sie so vergesslich sein, dass sie gut schlafen kann, dann braucht sie nicht mehr mitten in der Nacht aufzustehen, dann gibt es nichts mehr zu grübeln, ist es das, ließ sie es nur bei Mondenschein zu, existierte der Schmerz bei Tageslicht nicht? Ist sie so gespalten, dass ihr das gelungen ist?

Ich kenne meine eigene Mutter nicht. Aber ich möchte nicht so über sie denken. Sie war jung, und sie konnte nichts dafür, aber mein Vater weiß es und fragt sich vielleicht, ob ich genauso bin, ob ich genauso eine Person bin wie meine Mutter, ob ich auch mehrere Männer zur gleichen Zeit habe. Hat er wohl je so über mich gedacht? Wenn wir uns häufiger anfassen würden, dann würde ich jetzt am liebsten ihre Hand festhalten: Wir müssen nicht besser erscheinen, als wir sind, Mama. Sie darf wissen, dass ich mich, vielleicht, ebenfalls nach einem anderen Mann sehne, ich würde es ihr gern erzählen, er ist ein Russe, wir sind beide Fremde in unserer Stadt, und ich möchte nichts lieber, als mit ihm ins Bett gehen. Aber sie würde den Kopf wegdrehen, davon will sie nichts hören, dem gibt sie nicht nach.

Ich schließe die Augen, lasse meine Hand zwischen meine Beine gleiten und bewege die Finger hin und her, meine Knie öffnen sich weiter, nur zu, Kind, je schneller es vorbei ist, desto schneller können wir es vergessen. Ich spreize die Beine und spüre so meine Hand tiefer in meiner Möse, ob ich wohl nass genug bin, fragt ein unbekannter Mann, dann will ich aufsehen, zu dem, der da spricht, aber ich lasse die Augen geschlossen –

Ich höre jemanden lachen, es hört sich an wie die Stimme meines Vaters, nein, das kann nicht mein Vater sein. Er würde mich niemals auslachen, oder ist er nicht mein Vater, hat sie mir das beibringen wollen? Lass mich bitte nach Hause gehen, aber ich kann gar nichts mehr fragen oder sagen. Zwischen meinen Beinen ist es still.

Ich öffne die Augen und habe die zitternde Stimme meiner Mutter im Ohr. Sie hat es für mich getan. Alles für mich.

Die Paradekissen, das Bettzeug, das Radio.

Alles an seinem Platz.

Ich ziehe die Decke noch höher.

Nur das Kind gibt es nicht mehr.

Unter der Dusche seife ich meinen Körper ein. Ich habe ein mir völlig neues Bedürfnis, mich reinzuwaschen. Normalerweise sind saubere Hände genug, dieses Mal muss mein ganzer Körper geschrubbt werden. Es gibt Tage des Tanzens und Tage des Kämpfens, sagte sie früher.

Ich fühle mich, als hätte ich nicht geschlafen, oder immer nur ein kleines bisschen, und als wäre ich dann wieder hochgeschreckt, wo bin ich hineingeraten? Ich schäme mich, weil ich so viele Fragen gestellt habe, ich muss mich nicht in das

Leben anderer Menschen einmischen, sondern mich nur um meine eigenen Angelegenheiten kümmern, Mutter Maklerin Mensch. Bas würde mich anlächeln, sagen, dass ich noch verrückter sei als bei meiner Abfahrt. Ich brauche ihm nicht einmal zu erzählen, was ich hier erfahren habe, doch mein Vater, nicht mein Vater, ich wasche meine langen Haare, die Finger fest auf meiner Kopfhaut, würde ich mich trauen, es Alex zu erzählen? Er weiß, wo wir herkommen, wie es hier zugeht, wie wir alle durch die verschwiegene Vergangenheit, durch Halbwahrheiten an der Nase herumgeführt worden sind, werde ich es je wagen, mich ihm hinzugeben, wie ich es noch nie getan habe? Ich spüle meine Haare aus, die Augen bleiben geschlossen, und das Wasser rinnt mir an den Ohren entlang –

Ich beeile mich mit dem Anziehen. Ich muss mich sputen, sie hat schon zweimal gerufen, das Frühstück sei fertig. Ich bin völlig zerschlagen nach dieser Nacht. Wenn ich nur nicht nach meiner Mutter komme. Ich muss meine Haare trocknen, hier ist es zu kalt, um mit nassen Haaren aus dem Haus zu gehen, sie wird sagen, dass ich mir etwas hole. Ich wickle mir ein Handtuch um den Kopf und drehe es zu einem Knoten.

Erst einmal frühstücken.

Ihre gelösten Haare lassen sie ganz anders aussehen, weicher, lieber. Sie fallen ihr bis über die Schultern. Dafür ist sie natürlich zu alt, deshalb steckt sie das Haar immer auf. Als sie merkt, dass ich sie betrachte, beginnt sie sich zu entschuldigen. Sie hat sich mit Mühe angezogen, aber frisieren konnte sie sich noch nicht, wegen ihrer geschwollenen Hände. Das Wasser muss abfließen. Damit hat sie morgens oft Probleme, sagt sie, dann tun ihr die Gelenke weh. Während sie ihre verkrümmten Finger mühsam hin und her bewegt, setze ich mich neben sie und überlege, ob ich damit später ebenfalls Probleme haben werde.

Es ist Viertel vor acht, sie fragt, ob ich schon den Nebel gesehen hätte. Ich weiß nichts von Nebel. Meine Sicht war schon die ganze Zeit ziemlich getrübt, aber das wird sie sicher nicht meinen. Wenn sich dieser Nebel nicht bald auflöst, brauche ich doppelt so lang zum Flughafen. Den Nebel möchte ich schon mit eigenen Augen sehen. Beim Blick aus dem Fenster erkenne ich, dass es halb so wild ist, kein Problem, wir können sogar noch beim Postamt vorbei, von dem sie gesprochen hat, bisher haben wir das noch nicht geschafft.

Sie sagt, dass sie nicht einmal den Laternenmast sehen könne, der links vor dem Haus stehe.

Ich sehe zwei.

Wieder am Tisch bekomme ich zu hören, dass ich meine Haare trocknen solle, damit ich mich nicht erkälte. Lächelnd nicke ich. So saßen wir gestern Abend auch beisammen, denke ich, es endete in einem ungemütlichen Schweigen. Trotz ihrer schmerzenden Hände scheint sie heute besser gelaunt, und auch ich versuche, einen heiteren Eindruck zu erwecken. Ich habe nicht mehr viel Zeit.

Ohne mich zu fragen, was ich aufs Brot möchte, hat sie bereits zwei halbe Brote auf einen Teller gelegt, den sie jetzt über das geblümte Tischtuch schiebt. Hier, Kind, sagt sie leise. Bevor sie selbst ins Brot beißt, mustert sie mich unschlüssig. Heute wehe ein tüchtiger Wind, ich solle mich warm anziehen. Ich tue doch nichts anderes, möchte ich ausrufen, seit ich hier bin, ziehe ich mich warm an, Schicht über Schicht, aber ich nicke gehorsam. Um das Thema zu wechseln, sage ich, dass ich Lust auf Obst hätte. Die Mandarinen schmecken gut, behauptet meine Mutter, die Bananen sehen nicht mehr besonders aus. Da liegt auch ein angefaulter Apfel. Nimm den bloß nicht, zischt sie. Plötzlich steht sie auf, ich erschrecke, sie nimmt den Apfel und wirft ihn in den Abfalleimer. Bevor es ihm so ergeht wie dir, sagt sie böse. Ich begreife kein Wort, aus heiterem Himmel ist ihre Laune umgeschlagen, was will sie damit sagen? Mein fragender Blick ist genug. Sie rückt ihren Küchenstuhl ein Stück nach hinten, setzt sich wieder und behauptet dann mit Nachdruck, ein fauler Apfel stecke hundert gesunde an. Schau nur, was mit dir passiert, schau nur, wie du jetzt beieinander bist.

Bei mir liegt es vor allem an meiner Müdigkeit, meine Nachtruhe ließ heute ziemlich zu wünschen übrig.

Sie fühlt sich genötigt, hinzuzufügen, dass es ihr vernünftiger erscheine, nicht mehr darüber zu sprechen, das Thema als abgeschlossen anzusehen. Ich nehme einen Schluck Milch. Widerliche russische Milch. Sie wirft zwei Löffel in ihre Handtasche, jedes Mal muss sie saubere Löffel mitnehmen, weil sie im Krankenhaus nicht gespült werden. Sicherheitshalber auch ein Messer und eine Gabel, sagt sie. Ich sehe, dass die Plastiktüte, in der sie die Löffel wieder mit zurücknimmt, schon in der Tasche steckt. Sie hat alles gut organisiert. Das scheinen alle zu tun, sauberes Besteck von zu Hause mitbringen. Zum Abwaschen gibt es dort nur Wasser, kein Spülmittel. Aber Pavel findet das genug, er spült alles nur mit Wasser ab und sagt, dass er daran garantiert nicht sterben werde. Er hätte schließlich schon an vielen, ja sehr vielen anderen Dingen sterben können, behauptet er lachend. Mein Vorschlag, Spülmittel mit ins Krankenhaus zu nehmen, wird abgelehnt, das würde gleich gestohlen.

Sie steht auf, geht in den Flur und bleibt vor dem Spiegel stehen. Während sie ihr Haar zu einem Knoten zusammendreht, sagt sie, dass wir auf dem Weg zum Postamt Brot kaufen müssten, sie möchte heute gern kurz aufs Postamt, sie sei die ganze Woche nicht dazu gekommen.

Sie macht nur einen Vorschlag.

Dies ist mein letzter Morgen.

Es ist halb neun am Morgen, auf der Straße wimmelt es von Menschen. Jeder ist auf den Beinen, ein Gesicht fahler als das nächste, alle Mäntel sind dunkel. Meine Bemerkung über den Mangel an Farbe im Straßenbild macht keinen Eindruck auf meine Mutter, sie kennt nichts anderes. Grau und schwarz, das war's dann schon. Dass ich doch selbst auch eine dunkle Jacke trage, sagt sie noch mit einem säuerlichen Blick auf meine dunkelbraune Lederjacke. Ich hake sofort ein und frage, ob sie denn wisse, dass Braun meine Lieblingsfarbe sei, und da nickt sie, natürlich wisse sie das, sie sei doch meine Mutter. Zuerst war es Rosa, dann wurde es Grün, und jetzt ist es Braun, zählt sie auf, und da hat sie recht. Wir gehen Arm in Arm, näher beisammen als vorher. Die Leute könnten es sehen, seht nur, da gehen Mutter und Tochter, meine Güte, sind die sich ähnlich, eine elegante Dame mit hochgestecktem Haar, die Tochter sieht auch nicht schlecht aus, vielleicht ein bisschen mager, und dann biegen wir um die Ecke, um uns der Hektik der Straße zu entziehen, hier müssen wir geradeaus zum Postamt. Ob die Strümpfe nicht zu kalt seien, fragt sie, worauf ich ein Bein übertrieben hochhebe, schau meine Stiefel an, die sind warm genug. Eigentlich hat sie recht, wenn ich beim Kofferpacken daran gedacht hätte, dass es hier so elend kalt sein würde, hätte ich warme Hosen eingepackt, obwohl ich sonst immer nur Röcke trage. Ich habe sogar eine dünne, enge Hose dabei, die werde ich gleich anziehen, sie ist angenehm fürs Flugzeug. Sie zeigt auf einen uralten kleinen Mann auf der anderen Straßenseite, er soll schon über hundert Jahre alt sein, Gott hat ihn vergessen. Stell dir vor, du wirst so alt, sagt sie, das ist doch eine richtige

Strafe, alle sind tot, vielleicht sogar deine eigenen Kinder, und dann gehst du da halb lahm, ohne ein Ziel. Früher hat ihn meine Mutter manchmal gegrüßt, aber in den letzten Jahren hat der Mann solche Angst, man könnte ihm etwas stehlen, dass er ziemlich unfreundlich reagiert. Um ihn vor seiner eigenen Anspannung zu schützen, gehe ich nicht mehr auf ihn zu, sagt meine Mutter, sie tue, als ob sie ihn gar nicht sähe, was er sowieso nicht bemerke. Ihre Äußerung über den unbekannten kleinen Mann dort auf der anderen Straßenseite bringt mich zum Lachen, das tut man hier doch gar nicht, sich grüßen? Na, na, berichtigt meine Mutter, so schlimm ist es nun auch wieder nicht.

Ob ich den riesigen Buckel gesehen hätte, fragt sie. Ich muss wieder lachen, als ob man den übersehen könnte! Und mit einem Mal fühle ich ihren Ernst, vor allem in ihrem Blick auf ihn, wie er da vor sich hinschlurft. Er war Klavierträger, sagt sie und schüttelt den Kopf.

Meine Güte, sage ich, so ein kleines Männchen mit einem Klavier auf dem Buckel, hoffentlich noch mit ein paar anderen Kerlen vor und hinter ihm, sonst ist das doch nicht zu schaffen? Hunderte Kilos, fügt sie noch hinzu. Ich sage, das hätte ich noch nie gesehen, heutzutage würden Klaviere normalerweise mit Möbelwagen transportiert. Stimmt, sagt sie, aber für die letzten Meter, oft schon in den Häusern, dafür braucht man dann doch noch Menschen. Was hältst du von kleinen Möbelrollern, Mama? Sie geht nicht darauf ein. Sie kommt auf den Buckel zurück, er erinnert sie an Dimitris Zimmerwirtin.

Ich weiß nicht, wie mir geschieht. Ob diese Frau auch Klavierträgerin gewesen sei, frage ich, und da lächelt meine Mutter, es ist so schön, wenn ihr Gesicht aufleuchtet, sie bekommt dann ganz kurz das Gesicht eines Mädchens. Frau

Weissowa war keine Klavierträgerin, sondern einfach nur eine grässliche Person, sagt sie, während wir um die Ecke biegen, nur zwei Straßen weiter soll das neue Postamt liegen, soweit ich mich erinnern kann, gab es früher in unserem Viertel nie eines so in der Nähe. Weshalb ich eigentlich keinen Schal umhätte, fragt sie. Weil ich einen Rollkragenpullover trage. Immer eine Antwort parat, sagt Mama.

Diese bucklige Zimmerwirtin, wir fanden sie alt und unwichtig – jetzt bin ich selbst in ihrem Alter.

Wann ist man denn alt?, frage ich.

Sie lächelt. Es kommt der Tag, an dem man sich setzen muss, um sich die Schuhe anzuziehen, merk dir das, mein Kind.

Sie deutet auf ein Gebäude vor uns, das Postamt. Wir sind fast da. Und sieh mal dort, sage ich leise, mit einem Blick auf den öffentlichen Mülleimer, auf dem ein Plakat der Soldatenmütter klebt. Nadja hatte mir schon davon erzählt. Morgen ist es wieder weg, behauptet meine Mutter, aber sie versuchen es immer wieder. Ich gehe langsamer, um es besser lesen zu können, aber sie will ganz offenkundig dort nicht stehen bleiben, also gehen wir weiter. Soldatenmütter. Die Partei der Verzweiflung. Sie ist dort ebenfalls Mitglied, ohne es zu wissen. Das ist vielleicht noch das Schlimmste.

Sie hören nicht auf zu suchen, sagt sie ärgerlich.

Hast du das denn nicht getan, Mama? Ich gebe nicht nach, das sind jetzt meine letzten Chancen. Sie ist in gesprächiger Stimmung.

Sie nickt. Doch. Ich bin nach Moskau gegangen, um die lange Liste mit Gulag-Namen durchzusehen. Aber Dimitri war dort nie offiziell eingesetzt, und auch bei den Namen der Umgekommenen habe ich ihn nicht gefunden. Papa war wütend darüber, dass ich allein in diesen Archiven gewesen bin, aber ich wollte es herausfinden. Nach einer kurzen Pause klingt ihre Stimme mit einem Mal sanfter. Er ist eigentlich nie gestorben, sagt sie, er ist nur verblasst. Sie muss husten.

Geht es?, frage ich und streichle behutsam ihren Rücken. Moskau, ich verstehe. Die Staatsarchive. Aber die sind inzwischen doch schon wieder umfangreicher, auf den neuesten Stand gebracht, warum fährt sie nicht noch einmal hin?

Ein paar Schritte weiter stehen wir vor dem Postamt. Mühsam zieht sie die Tür auf, betastet darauf kurz ihre Finger und kramt dann in ihrer Tasche nach einem kleinen Schlüssel. Im Gebäude wagt sie nicht mehr, laut zu sprechen.

Sie begibt sich zu den Postschließfächern. Sie geht in die Knie, ihr Schließfach ist weit unten, sie zieht es auf und lässt ihre Hand darin verschwinden. Sie kommt wieder leer heraus. Daraufhin sieht sie sorgfältig noch einmal nach, mit gesenktem Kopf. Dann schließt sie es wieder ab. Dass doch im Grunde nie Post da ist, murmelt sie. Wir gehen wieder zum Ausgang. Von wem sie eigentlich Post erwartet, das wüsste ich gern. Von mir kann es nicht sein. Hofft sie, mehr als dreißig Jahre danach, noch etwas von ihm zu hören? Mit großer Geste reißt sie die Tür auf, wir verlassen das Postamt.

Ich werde ihr einmal eine Karte schicken.

Die Bushaltestelle ist in der Nähe, wir müssen nicht den ganzen Weg zurück. Sie reicht mir nicht mehr den Arm, die nicht vorhandene Post scheint sie verstört zu haben.

Ich zögere, ob ich es ansprechen soll, die neuen Archive in Moskau. Heute spricht sie. Für mich ist die Information nicht wichtig, ich wüsste nicht einmal, nach wem ich eigentlich suchen müsste, was ich der Frau im Archiv sagen sollte. Wen ich suche. Jemanden, der vielleicht mein Vater ist. Guten Tag, ich komme, um jemanden zu suchen, der vielleicht mein Vater ist. Vielleicht auch nicht. Aber ich möchte trotzdem gern wissen, ob er in den Straflagern umgekommen ist. Ja, vielen Dank, ich setze mich kurz dorthin. Mein Gott, sind die Listen lang, dafür brauche ich Stunden, sie sind nach Lagern sortiert, nicht nach Namen. Also muss ich in jedem Lager nach ihm suchen. Sein Geburtsjahr? Da muss ich erst meine Mutter fragen, wie das Geburtsjahr des Mannes lautet, der vielleicht mein Vater ist. Aber vielleicht auch nicht.

Das Buswartehäuschen ist leer, zunächst bleibt sie noch eine Minute stehen wie ein Reiher, dann fällt ihr ein, dass es lange dauern kann, und wir setzen uns auf die Bank. Ich betrachte meine Stiefel. Vielleicht sollte ich in diesem Land nicht solche Absätze tragen, ich sehe aus wie die Nutten hier am Straßenrand. Aber ich habe keine flachen Schuhe dabei. Das Bild von der buckligen Zimmerwirtin geht mir nicht aus dem Kopf. Wie fortschrittlich war das wohl damals, wenn man als Student zu Hause auszog? Allein wohnen ist also gar nicht so niederländisch, wie Bas immer behauptet. Wenn er wüsste, dass der Freund meiner Mutter das bereits in den sechziger Jahren tat. Bas blaffte einmal, andere europäische Länder würden diese Kultur nicht einmal kennen, er nennt sie calvinistisch. Er selbst hatte als Student ein Zimmer in der Innenstadt, und wenn er nach Hause ging, um seine Wäsche zu waschen, musste er dafür bezahlen. Aus einem solchen Nest kommt er. Obwohl sie nicht jeden Cent umdrehen mussten. Und dieselbe Mutter verwöhnt jetzt mein Kind mit Kuchen und Spielzeug, wenn sie bei uns vorbeischaut. Es war aus rein pädagogischen Gründen, hat mir Bas erklärt, er hätte eigentlich in den Waschsalon gehen und lernen sollen, allein zurechtzukommen, das war der Grund. Bas meint, es sei eigentlich gar nicht so schlecht gewesen. Ich wage Mama zu fragen, wie es komme, dass Dimitri schon so früh von zu Hause ausgezogen sei.

Ihre Augen folgen dem Verkehr.

Ich versuche Geduld aufzubringen und betrachte den Gehsteig. Mir fällt auf, dass alle Gehwegplatten verschieden hoch liegen, man könnte sich direkt die Beine brechen. Darauf hat man offenkundig kein Geld verschwendet, vielleicht, weil dergleichen von den ausländischen Medien nicht beachtet wird, die Journalisten nehmen nicht den Bus, sie werden in glänzenden Staatskarossen herumkutschiert.

Es hatte mit seinem Vater zu tun, antwortet sie plötzlich.

Der Vater war behindert und schnell gereizt. Zu meiner Überraschung erzählt sie nun ausführlicher über diese Eltern und dass sie nicht gut genug waren für Dimitri.

Niemand war gut genug für Dimitri.

Nachdem ich nachgefragt habe, worunter der Vater denn gelitten habe, und Mama mit der rechten Hand an ihr Ohr getippt hat, schweifen meine Gedanken immer weiter ab. Der Vater konnte nicht einmal sprechen, fügt sie noch hinzu.

Der Bus nähert sich der Haltestelle, aber ich möchte noch einen Moment sitzen bleiben.

Ich sage, dass ich nachkommen würde. Dein Vater wartet, sagt sie, es ist dein letzter Tag.

Ich wiederhole, dass ich nachkommen würde. Zum Glück denkt sie nicht daran, bei mir zu bleiben. Mit verschlossener Miene steigt sie in den Bus. Oben bleibt sie kurz stehen, vermutlich um Kleingeld in die Schale zu tun. Direkt hinter mir liegt einer dieser Spielplätze, auf denen nie Kinder spielen. Aber mein Reuben würde mich antippen und flehen, mit ihm zur Rutsche zu gehen. Auch wenn es eine Rutsche ist, auf der keiner rutscht. Das kennt er gar nicht. Ich rühre mich noch nicht, ich warte, bis der Bus abfährt.

Mich nicht belasten.

Sie hat einen Fensterplatz ergattert. Mit besorgtem Blick stellt sie die stumme Frage, ob ich noch ins Krankenhaus kommen würde. Ich nicke, weil ich nicht weiß, ob sie auch von den Lippen lesen kann. In einer Wolke von Dieselgestank fährt der Bus ab.

Meine Beine tragen mich zu der Bank hinter der Rutsche. Dort ist kein Mensch, nicht einmal einer dieser widerlichen Männer, die hier oft so geheimnisvoll tun und rauchen. Aber vielleicht ist das heutzutage anders, vielleicht machen sie das heute in Gebäuden. Ich würde Reuben die Leiter hinaufhelfen, ihm einen kleinen Schubs auf den Hintern geben und ihn gleich darauf unten erwarten. Seine Ärmchen legen sich um meinen Hals, wenn ich ihn auffange, seine Nase stubst an meine.

Ich hole mein Handy aus der Tasche. Seit Tagen habe ich es nicht angestellt. Ich möchte sein Bild sehen. Auf dem Rücksitz hinten bei mir auf dem Fahrrad. Sofort rauschen die Nachrichten herein. Ich habe keine Lust, sie abzuhören. Ich bin nicht da. Ruby lächelt mir zu. Wenn man ihn so sieht, weiß man nicht, was ihm fehlt.

Mein hübscher Junge. Einmal, eines Tages muss ich ihm erzählen, was ich hier erfahren habe, ich werde immer dieselbe Gebärde machen müssen mit den Händen und den Schultern, dass es nicht sicher ist. Angenommen, dass ich doch Dimitris Kind bin, dann könnten wir es besser verstehen, es ist kein Trost, aber trotzdem. Hier ist es still und menschenleer. Was suche ich um Himmels willen ohne Kind auf einem Spielplatz?

Ich stelle mein Telefon aus, bald bin ich wieder zu Hause.

Morgen nehme ich ihn ganz fest in den Arm und verspreche ihm, geduldiger zu sein.

Ich stehe auf und klopfe mir hinten den Rock ab. Ich sehe, wie mich die kahlen Bäume schaurig umarmen. Ich atme den Spielplatzgeruch ein, die frische Luft, die meine Mutter Zarenluft nennt. Mit eiskalten Füßen gehe ich zurück zur Bushaltestelle.

Ich lasse mich vom Wind voranschieben und sehe zwei trübsinnige, blasse Soldaten auf den Bus warten. Ich darf sie nicht anstarren, das haben wir schon als Schulkinder gelernt. Aber vielleicht liegt es gar nicht an ihnen, vielleicht sieht unter diesen Wolken alles traurig aus. In anderen Städten gibt es diesen extremen Unterschied nicht. Wenn die Sonne scheint, hat die Stadt die Ausstrahlung, für die sie berühmt ist, und die Wolken geben ihr das Abstoßende, wofür sie berüchtigt ist. Die Soldaten sehen ordentlich aus, alles ist dort, wo es hingehört, sie passen gut zu dieser Vorstellung. Krieg entspringt einer Vorstellung, sagt meine Mutter immer, es geht um Profit, um die Ölleitungen, die gesichert werden müssen, Menschenleben zählen da wenig.

Wir warten. Als einer der beiden mich plötzlich fragt, wie spät es sei, stockt mir der Atem. Haben sie keine Uhren? Ich muss mich entschuldigen, ich trage keine Uhr. Er sieht mich an und runzelt die Stirn. Warum ich so blaue Lippen hätte, will er wissen. Ich verziehe die Lippen zu einem vorsichtigen Lächeln. Dass ich auf einem verlassenen Spielplatz gesessen habe, wage ich nicht zu sagen. Dass ich gefroren habe, um meinen kleinen Sohn auf meinem Handy zu betrachten – ich antworte, wie man es mir schon als Kind gesagt hat, mir wird schnell kalt, weil ich zu dünn bin. Der Soldat wirft einen Blick auf meine spindeldürren Beine und nickt.

Schon auf dem Flur höre ich die Stimmen meiner Eltern. Mein Vater klingt beherrscht, meine Mutter ist nicht richtig zu verstehen. Es hört sich an, als ob der Arzt wieder bei ihnen wäre. Pavel sitzt auf einem Klappstuhl im Gang. Als ich direkt vor ihm stehe, dreht er mir die Handflächen zu, ich muss warten. Hier stinkt es wieder fürchterlich, man kann kein Fenster öffnen.

Die Zimmertür ist angelehnt. Auch das muss sein, solange es hier nirgendwo Klingeln gibt, müssen die Patienten rufen, sogar schreien, um von ihrem Bett aus Hilfe zu erbitten.

Ich will mich nicht einmischen, sagt Pavel, aber was hast du um Himmels willen mit deiner Mutter gemacht? Ich habe gar nichts gemacht, wie kommt er nur darauf?

Weil ich nicht antworte, ergreift er die Gelegenheit, mich vollzureden. Er stürzt sich sofort auf das schwarze Loch, wie er Tschetschenien nennt, das schwarze Loch des Kremls, das kleine Land, das als Freistätte für russische Führer angesehen wird. Wieder schimpft er über den Waffen- und Ölschmuggel prominenter Russen. Es ist das Land, wo eines Tages alles Beweismaterial vernichtet werden wird, meint Pavel, der plötzlich das Geräusch eines platzenden Luftballons nachmacht, mit der entsprechenden Handbewegung. Ob man denn im Westen wisse, dass dort den Menschen, die stehlen, noch immer die Hände abgehackt würden, fragt er. Igitt, hör doch auf!

Siehst du, das alles wisst ihr nicht, er klingt verärgert, sein Zeigefinger weist gebieterisch auf mich. Dass es aber nur nützlich sei, fügt er hinzu. Denn das könnte der Korruption, an der dieses Land zugrunde gehe, die unsere Ökonomie lähme, Einhalt gebieten. Sonst sitze bald keiner mehr mit einer Hand am Arm in der Duma! Für einen Mann mit Atemwegsproblemen lacht er ziemlich unbändig über seine eigenen Scherze.

Ich habe nicht vor, meinen letzten Besuch im Krankenhaus auf dem Flur zu verbringen. Ich fahre mir mit den Händen durchs Haar und klopfe vorsichtig an die halb offene Tür. Noch bevor ich eintreten kann, ertönt von drinnen bereits ein «Nein», es ist die Stimme meines Vaters, er weiß nicht einmal, wer klopft, vermutlich denkt er, es sei Pavel. Er verlangt, die Tür solle sofort geschlossen werden. Pavel sagt, ein Arzt sei bei meinen Eltern, nicht Galin, sondern ein anderer, es dauere bestimmt nicht lange. Mir stinkt es, ich möchte auch hören, was er zu sagen hat. Wenn es nicht schnell geht, betrete ich einfach das Zimmer. Widerwillig schließe ich die Tür.

Dann stehe ich da, in meiner letzten Stunde im Krankenhaus, stehe mit einem alten Slowaken auf dem Flur herum. Ärgerlich verschränke ich meine Arme, ganz fest unter meiner Brust.

Ich habe doch gesagt, dass du einen Augenblick warten sollst, du bist genau wie mein Sohn, immer mit dem Kopf durch die Wand. Aber wir reden nicht über diesen Sohn, der seinen Vater vergessen hat, verkündet er. Zuerst etwas Wichtigeres, schlägt er mit einem Glitzern in den Augen vor. Wenn er wieder mit Tschetschenien anfängt, wechsele ich die Abteilung.

Er bietet mir einen Klappstuhl an. Nicht, dass einer zu sehen wäre, aber er tut so, als könnte er einen organisieren. Ich stehe hier ausgezeichnet, mit dem Rücken zur Wand, vielen Dank.

Er gibt ein brummendes Geräusch von sich und deutet

mit den Händen das Steuern eines Lenkrads an. Er habe tagtäglich «auf dem Bock gesessen», müsse ich wissen. Manchmal mit sehr hübschen Fahrgästen, lächelt er spitzbübisch. Er war Busfahrer. Ab und zu wich er von der Strecke ab, um ein Mädchen an der gewünschten Adresse abzusetzen. Unter dem Protest aller übrigen Fahrgäste, aber das störte ihn nicht. Dann entstand Panik im Bus, aber er hatte keine Angst vor Unordnung. Und hat sie noch immer nicht. Sein Zwinkern hat etwas Ranziges.

Nicht jeder kann sich panzern, flüstert er, auch Luba nicht … Beim Aussprechen des Namens bekommen seine Augen zum ersten Mal einen anderen Ausdruck. Luba war ein Zimmermädchen aus Kaschau, du kannst dir das heute nicht mehr vorstellen, aber wir waren alle einmal jung, auch dieser alte Mann hier hatte eine große Liebe … wenn der wüsste, und ob ich mir das vorstellen kann, erzähl ruhig, na los, mich kannst du nicht mehr verblüffen. Wurde sie womöglich vom Geheimdienst verhaftet, und du hast sie nie mehr wiedergesehen? Ich beschließe, nichts zu fragen, nur zuzuhören, ich verschwende hier doch nur meine Zeit, obwohl meine Eltern direkt nebenan sind, vielleicht hatten sie schon angefangen, über mich zu reden, bevor der Arzt ins Zimmer kam. Oder sprechen sie gar nicht darüber, gehört es zur Vergangenheit? Für sie ist es schließlich nichts Neues, sie haben es lediglich etwa dreißig Jahre lang auf Eis gelegt, aber jetzt plötzlich musste es unbedingt herausgeholt werden. Inzwischen ist es vermutlich verdorben. Ich kann es mir schon vorstellen, wirklich, Pavel, die Liebe als Motor des Lebens, spotte ich in der Hoffnung, dass wir wenigstens ein bisschen darüber lachen können, aber für Pavel gibt es nichts zu lachen, wenn er über sein Zimmermädchen spricht, er sieht mich ernster an als je zuvor.

Sie war die Einzige, die er jemals wirklich heiraten wollte, aber sie war zu jung und hatte eine zu starke Bindung an ihre Familie. Der Vater war früh an einer Infektion gestorben. Luba war darüber traurig, natürlich, und sie war die älteste Tochter einer Arbeiterfamilie, deshalb begann sie schon bald fünf Tage in der Woche in einem tristen kleinen Hotel in der noch tristeren Altstadt von Kaschau zu arbeiten. So steuerte sie etwas zum Unterhalt bei, ihre Mutter hatte für vier Kinder zu sorgen.

Ihre Arbeitszeiten waren auf die Minute genau geregelt. Pavel erzählt, wie das ging, drei Minuten für das Bett, sechs fürs Badezimmer. Für das ganze Zimmer durfte sie nicht länger als eine Viertelstunde brauchen. Selbst als sie es ihm erzählte, in diesem Sommer am Stausee, wurde sie nervös von dem strengen Takt, der ihr auferlegt wurde.

Deine Mutter kennt den Ort, Lunia, den Stausee, den Ružín, unterhalb des Sivecgipfels, ein Ort, an dem früher viele slowakische Kinder ihre Ferien verbrachten.

Wirklich toll, dass ich erfahre, wo meine Mutter als Kind ihre Ferien verbrachte, mit ihm hat sie das natürlich lang und breit besprochen, aber ich weiß nichts davon. Was macht es schon aus, ob sie in die Ferien fuhren oder nicht und ob sie nun zu diesem Stausee gingen oder nicht.

Und er erzählt immer weiter von Lubas blendender Schönheit, ihrem langen schwarzen Haar, so dick, dass man nicht einmal ein Gummiband brauchte, um es zusammenzuknoten, sie nahm einfach eine Haarsträhne dafür. Seine Augen strahlen.

Aber schon im nächsten Sommer kam sie nicht mehr zum Ružínsee. Zwischendurch hatten sie dort ein paar Tage zusammen verbracht, keine Woche, um Weihnachten herum. Er hatte den Zug nach Kaschau genommen, obwohl es sehr ungewöhnlich war, die Feiertage nicht im Kreis der Familie zu verbringen. In diesem Sommer jedoch, in diesem Sommer kam sie nicht mehr zum See.

Was ist denn passiert, frage ich und wundere mich, weil ich meine Eltern nicht mehr höre, flüstern sie plötzlich?

Pavels Stimme wird noch leiser, als hätte er nicht genug Atem, aber er versucht weiterzusprechen. Luba war zu jung, sie war erst sechzehn, als sie sich kennenlernten. Sie konnte dieses heftige Gefühl noch nicht ertragen. Und er war mehr als zehn Jahre älter. Ihre Mutter hatte sie gewarnt, dass er ihr keinen Raum lassen würde, ein eigenes Leben aufzubauen. Spiel mit den Kindern deines Alters, sagte sie sogar damals um Weihnachten herum zu ihrer Tochter.

Pavel verstummt, was mir die Gelegenheit gibt, auf die Uhr im Gang zu schauen, wie lange dauert das noch? Soll ich einfach noch einmal anklopfen?

Er sitzt jetzt so beängstigend still auf seinem Stuhl, dass ich mich frage, ob er vielleicht in der Zwischenzeit, während ich auf die Uhr sah, gestorben ist. Er könnte doch plötzlich mitten im Gespräch gestorben sein? Beim Erzählen von seiner Jugendliebe könnte ihm durchaus das Herz gebrochen sein.

Ich ziehe meine langen Ärmel so weit nach unten, dass sie fast meine Handflächen bedecken. Seine Augen blinzeln noch. Pavel?

Nach einer langen Pause höre ich seine Stimme wieder knarren. Wenn wir draußen wären, murmelt er, könntest du das Gras wachsen hören. Aber wir sind drinnen, auf dem dunklen, stickigen, fensterlosen Krankenhausflur.

Er fängt an, von der Natur zu reden. Wenn alles schon durchgekaut ist, von Tschetschenien bis zum Ružínstausee, dann fängt er auch noch mit der Natur an. Dass sie ihm so sehr fehlt hier im Krankenhaus, das ist das Einzige, was er noch sagen will. Ob ich denn wisse, warum er die Natur so sehr liebe.

Ich schüttle den Kopf.

Er lächelt mich an, weil die Natur wenigstens nicht über uns urteilt. Pavel liegt schon ich weiß nicht wie viele Wochen, in diesem stinkenden Krankenhaus herum, ohne dass sich irgendetwas mit seiner Lunge oder seinem restlichen Körper gebessert hätte. In den Niederlanden würden sie ihn nicht einmal hierbehalten, für solche Fälle gibt es Pflegeheime.

Damals habe ich einen Fehler gemacht, beichtet er bedächtig, völlig unerwartet. Aber er findet, das gehöre dazu, einzusehen, dass man einen Fehler gemacht habe, dass man die Frau seiner Träume habe laufen lassen, sagt er, um Atem ringend.

Mit hochgezogenen Schultern stehe ich vor ihm, mit dem Rücken und dem rechten Fuß an der Wand. Das soll er besser mit meiner Mutter besprechen, die versteht mehr davon. Ich sage, dass es mir leidtue, drehe mich um und klopfe zweimal an die Zimmertür. Es dauert einen Moment, vielleicht Bedenkzeit, aber schließlich höre ich, dass ich hereinkommen darf.

Als ich den Kopf zur Tür hineinstecke, reagiert mein unrasierter Vater. Grüß dich, mein Kind, sagt er zufrieden, während meine Mutter mit dem Rücken zu mir sitzen bleibt. Der Arzt möchte gerade gehen, verkündet er. Als der Arzt an mir vorübergeht, nickt er mir freundlich zu. Ich versuche, genauso sympathisch zurückzulächeln und betrachte das fahle Gesicht meines Vaters, nein, wir beide haben uns jedenfalls nie ähnlich gesehen.

Aber ich gleiche wie ein Ei dem anderen meiner Mutter. Sagt man.

Ich eile zuerst zum Wasserhahn, wasche mir schnell die Hände und trockne sie an einem gefalteten Handtuch ab. Dass es wirklich sauber ist, bezweifle ich. Während ich auf sein Bett zugehe, fängt er wieder mit dem kleinen Karren an, dem kaputten Wägelchen, das durch die Landschaft seiner Gedanken fährt. Und trotzdem bin ich sein Kind, denke ich unwillkürlich, er hat mich großgezogen, ich wüsste nicht, wie ich das anders verstehen sollte. Vielleicht muss ich es auch nicht verstehen. Im Kragen seines Schlafanzugs liegt ein Stückchen vertrocknete Brotrinde, weshalb hat meine Mutter das nicht einfach weggenommen?

Ich lehne mich an Pavels zerwühltes Bett und merke, dass meine Eltern ihr Gespräch absichtlich unterbrochen haben, urplötzlich schweigen alle, das macht es nicht leichter. Dann frage ich, wie er sich heute fühle. Mein Vater nickt, ohne zu antworten.

Meine Mutter sagt, dass ich noch heute, in wenigen Stunden, wieder in die Niederlande zurückfliegen würde. Papa reagiert überrascht, sagt dann aber, es sei gut, dass ich wieder zu meinem Mann führe und zu meinem Kind. Meine Anspannung legt sich, und ich stimme ihm zu, ja, ich fahre gern zu Reuben zurück. Ja, Reuben, sagt er. Mutter sagt, dass wir kaum noch Zeit hätten, Vater werde bestimmt müde sein, sie hätten lange mit dem Arzt gesprochen und auch schon vorher, als ich so unbedingt unterwegs noch aussteigen musste. Und jetzt ist es zu spät, entscheidet sie mit flammendem Blick, er muss gleich wieder schlafen. Ob das denn stimmt, darf ich nicht fragen. Sie möchte mich einfach hier weghaben, es wurden schon genug Worte über unsere Vergangenheit verloren.

Ich tue so, als gehorchte ich, und bitte, ob ich noch kurz an Papas Bett sitzen dürfe. Sie bietet mir ihren Klappstuhl an, bleibt aber unangenehm nah bei mir stehen. Wenn er das Thema nicht anspricht, werde ich ihn nicht damit konfrontieren, es soll ihm ja schnell wieder besser gehen, damit er nach Hause darf. Ich nähere ihm mein Gesicht ein wenig, hole mit einer raschen Bewegung die Brotkruste aus seinem Kragen und flüstere ihm zu. Ich komme bald wieder, sage ich. Ich möchte wirklich gern bald wiederkommen, ich möchte meinen Vater jeden Tag durch mein Hereinkommen zum Lächeln bringen, auch wenn er vielleicht nicht mein Vater ist.

Ich halte seine Hand und sage, dass er mir fehlen werde. Und dann spüre ich, wie er versucht, seinen Fingern mehr Kraft zu geben, er möchte meine Hand fester halten. Ich bin stolz auf dich, Lunia, wie du alles machst.

Ich weiß nicht, was er sagen will, aber es fühlt sich gut an, mein Bauch wird warm, urplötzlich, einfach so, weil er das zu mir sagt. Aber er hat noch nicht zu Ende gesprochen. Er flüstert, er wisse sehr gut, wovon er spreche.

Ich schaue ihn an und will sagen, dass er auf mich zählen kann, dass es nicht so wichtig ist, was früher geschehen ist, er ist mein Papa, und ich liebe ihn. Mir wäre es am liebsten, wenn meine Mutter uns einem Moment allein lassen würde.

Wir bleiben noch kurz so sitzen, ohne zu sprechen. Oder hat er, hat Andrej womöglich doch recht, war der Schuhmacher im Weg? Nein, das ist unmöglich – ich reibe über seine Hand. Bald bin ich wieder in Amsterdam, du wirst mir fehlen, Papa.

Ob wir uns jetzt verabschieden müssten, fragt er.

Als ich ihn auf die Stirn küsse, fühle ich meine Unterlippe zittern.

Wir gehen zur Bushaltestelle zurück und verlieren kein Wort über das Gespräch, das nicht stattgefunden hat. Wir verlieren auch kein Wort über die Fahrt hierher und was dabei geschah. Das ist der Vorteil, so erzogen zu sein, man kennt die Spielregeln: so tun, als wäre nichts vorgefallen. Aber was man dann macht mit dem, was wohl vorgefallen ist, das habe ich nie gelernt. Möglicherweise ist es ein Spiel, das man hier nicht lernt. Mit dem Strom schwimmen, sagte Nadja. Mama spricht von der Zukunft, wie es mit Papas Genesung weitergehen wird, wann er nach Hause darf. Sie verfällt in Ton und Stimme wieder in ihre übliche Rolle.

Als würde ich diese Stadt nicht kennen und wüsste nicht, dass alle Busfahrer gleichzeitig Mittagspause machen, erklärt sie mir, dass das Warten jetzt dauern könne. Ich zucke mit den Schultern, Hauptsache, ich bin rechtzeitig am Flughafen. Kurz erwägen wir, die Metro zu nehmen, entscheiden uns dann aber doch zu warten. Ich sage, dass ich es schön gefunden hätte, bei Papa zu sein, dass ich jetzt auch wisse, dass es ihm gut gehe, am Telefon klinge es immer schlimmer, als es sei. Und trotzdem kann ich es nicht lassen, ich sage, dass ich es schade fände, nicht mehr mit Papa gesprochen zu haben. Ich weiß zwar nicht, was ich anzusprechen gewagt hätte, denke ich bei mir, aber ich hätte doch wenigstens gern die Gelegenheit dazu gehabt.

Stattdessen saß ich mit diesem Pavel im Korridor herum, das Letzte, was ich mir gewünscht hatte.

Ach, Kind, mit Pavel zu reden ist halb so schlimm.

Mich macht dieses «Kind» hier, «Kind» da noch ganz verrückt. Ich hole tief Luft und sage dann, ich sei nicht wegen dieses Mannes gekommen und seine Thesen über das Land ermüdeten mich.

Sie sieht auf ihre Uhr. Er kommt gleich.

Dann richtet sie ihre sanften Augen auf mein Gesicht, während sie wieder mit beiden Händen an ihrer Kette dreht. Ob es ihr wohl bewusst ist? Ich glaube nicht. Anderen Wartenden würde es nicht auffallen. Und wir würden nicht auffallen. Hier warten einfach eine Mutter und eine Tochter auf den Bus. Sie ist einfach meine Mutter, die mir tagaus, tagein lange Zöpfe flocht, damit ich nicht mit flatternden Haaren in die Schule ginge. Bevor wir unsere Mäntel anzogen, drückte ich mich immer noch kurz an sie, ich wollte ihren Geruch einatmen.

Und jetzt stehen wir nebeneinander, und ich rieche nichts.

Zum letzten Mal sitzen wir zusammen im Bus. Langsam begreife ich, dass es wahrscheinlich genug war. Ich fühle mich allein. Ein paar Sekunden schließe ich die Augen, mein rechter Zeige- und Mittelfinger fahren über meine Lippen. Es war so ein starkes, so volles Gefühl, Bas hat mich noch nie so geküsst. Keiner. Ich lasse die Hand wieder sinken. Ich hatte mir vorgenommen, es zu vergessen.

Meine Mutter, die sich bestimmt überlegt hat, was jetzt ein gutes, neutrales Thema wäre, sagt, dass sie mir zu Hause noch etwas zu essen mache. Ich stimme ihr zu und denke an die Heimreise. Diese Tage haben mich überfallen, ich habe nichts unternommen oder gesehen, ich war entweder zu Hause oder im Krankenhaus. Beim Jusupow-Palast und im Postamt. Nach einigen Orten hatte ich mich wirklich zurückgesehnt, jetzt ist allein schon der Gedanke unerträglich –

Ich schiebe meinen Küchenstuhl an den Tisch und weiß, dass es vorläufig das letzte Mal ist. Genau wie ich weiß, was die Abmachung ist, ohne dass sie ausgesprochen wurde. Mama wünscht, nicht mehr darüber zu sprechen. Ist es denn überhaupt wichtig für mein Leben? Meine Eltern haben mich zu der geformt, die ich heute bin. Es gibt eine neue Erkenntnis, aber im Grunde ändert das doch nichts an mir? Ich muss vor allem die richtigen Entscheidungen treffen, in die richtige Richtung gehen. Das viele Zweifeln, das ist zu nichts nütze. Ich entschuldige mich: Ich bin gleich zurück, Mama. Ich gehe durch den Flur zu Papas Arbeitszimmer. Ohne das Licht anschalten zu müssen, kenne ich genau den Weg.

Ich hätte ihn schon viel früher bei mir tragen sollen, weiß ich, als das braune Leder in meine Hand gleitet. Er hat Papa immer wieder zu mir zurückgebracht. Ich werde vorsichtig damit umgehen.

Im Flur liegt meine Reisetasche, ich schiebe den Kompass schnell unter den inneren Reißverschluss. Danach beeile ich mich, in die Küche zurückzukehren. Jetzt liegen zwei Tabletten neben ihrem Teller. Ich frage, wozu sie gut seien. Mit einer lockeren Handbewegung versucht sie anzudeuten, ist nicht der Rede wert, aber ich will es trotzdem wissen. Ob es mir in dieser Woche denn nicht aufgefallen sei, fragt sie jetzt prüfend, als hätte ich besser auf sie achten müssen. Mit wenigen Worten erklärt sie, dass ihr Herz nicht immer gleichmäßig schlage, das ist der Grund, sie dreht eine Tablette zwischen ihren Fingern, als sei sie eine Batterie. Seit wann sie das denn brauche, frage ich. Darauf lächelt sie unbeschwert. Ach Kind, da ist schon so lange alles Mögliche nicht in Ordnung.

Ich kann mir nicht erlauben, in ein paar Wochen wieder freinehmen zu müssen, weil sie mit einem Herzinfarkt im Krankenhaus liegt. Und warum ist Lew eigentlich nicht da? Warum habe ich ihn nicht einmal gesehen, in den paar Tagen, die ich hier bin?

Sie bittet mich, ruhig zu bleiben, Lew ist schon einmal aus Moskau angereist, gleich, in der vorigen Woche, er wird schon wieder einmal kommen, aber in dieser Woche hat er durchgearbeitet, weil er weiß, dass seine Mutter nicht allein ist, und auch, weil es mit Papa aufwärtsgeht. Warum er nicht hergereist sei, um mich zu sehen, frage ich und komme mir dabei vor wie ein kleines Kind, das um Aufmerksamkeit bettelt, obwohl es ihm an nichts fehlt. Mein Bruder lebt dort sein Leben, wir sprechen uns selten oder nie.

Sie ergreift zögernd meine Hand, so finden unsere Hände auf der Blümchendecke des Küchentischs überraschend zusammen. Ich spüre die wohlbekannte Spannung in ihren Fingern, dann räuspert sie sich übertrieben und sagt, dass ich packen müsse.

Schon einmal hatte sie mich zum Packen gedrängt, damals, als ich definitiv in die Niederlande abreiste. Sie hatte dagestanden, mit einem Geschenk für einen Bekannten in Amsterdam in der Hand, abwartend, ob ich dafür noch ein Plätzchen finden würde, sie hatte mich bis aufs Blut gereizt mit ihrem In-der-Tür-Herumstehen, als ob ich mich beeilen und dieses Plätzchen freihalten müsste, als ob das wichtiger wäre als mein Weggehen. Ich habe es übrigens erst Wochen später vorbeigebracht. Diesmal gibt es kein Päckchen, nicht für einen Bekannten und nicht für mein Kind, ich habe auch nicht darum gebeten.

Ich werde selbst auf dem Flughafen etwas für Reuben kaufen, und wenn ich guter Laune bin, werde ich sagen, dass es von seiner Oma sei, wer weiß, vielleicht tut ihm das Geschenk dieser unbekannten Großmutter gut. Bei eingeschaltetem Radio, das wie immer stört, lege ich meine Kleider gefaltet in die Reisetasche. Er kann doch nicht sprechen, ihr nicht danken, sie wird nie erfahren, dass ich ihm in ihrem Namen ein Geschenk mitgebracht habe. Warum ich es so gern hätte, dass sie eine liebe Oma ist, weiß ich nicht.

Sie schaut auf meine Reisetasche und sagt, ihr graue davor, dass ich wieder für so lange wegginge, sie habe es schön gefunden, mich bei sich zu haben. Ich sehe auf, in ihre Augen, ich bleibe nicht so lange weg, Mamička.

Kurz bevor ich ins Taxi steige, sagt sie, ich würde ihr fehlen. Ich fühle mich schwach werden, ich möchte sie in den Arm nehmen, sagen, dass es mir genauso geht, dass es zu kurz war, zu kurz und viel zu heftig, ich hätte ihr vielleicht keine Fragen stellen sollen, um besser zu verstehen, was mir erzählt wurde, ich wollte ihr nicht wehtun.

Bekommen wir je wieder eine neue Chance, wenn wir beide Zeit hatten, alles zu verdauen? Möglicherweise nicht, der durchschnittliche Russe wird nicht alt, ich höre es Andrej wieder sagen, und das Gesundheitswesen, das habe ich gerade wieder mit eigenen Augen gesehen. Aber sie ist nicht krank. Oder vielleicht ist sie krank, aber dann schon ihr ganzes Leben. Sie wird das schon schaffen, mir fällt es auch nicht leicht. Mir schlägt das Herz bis zum Hals, ich nehme meinen ganzen Mut zusammen und drücke mich fest an sie.

Ob ich es ihr nicht übel nähme, flüstert sie an meinem Ohr.

Es hat keinen Sinn, irgendjemandem etwas übel zu nehmen, begreife ich, während ich den Kopf schüttle.

Sie streicht mir übers Haar und sagt sanft, sie habe ja gerade alles richtig machen wollen, für mich. Ihrer Stimme hört man die Tränen in den Augen an, aber ich kann ihr Gesicht nicht sehen, ich spüre nur ihren Knoten seitlich an meinem Kopf.

Meine Arme lassen sie nicht los, obwohl sie es wohl oder übel müssen, der Taxifahrer wartet.

Es ist gut, Mama, antworte ich, auch wenn ich noch nicht weiß, was das bedeutet.

Danke, mein Liebes, für alles.

Ich finde es so schwer, darauf eine Antwort zu finden, jedes Wort scheint zu viel oder falsch, ich rieche lieber den Geruch meiner Mamička.

Zögernd küssen wir uns auf die Wange. Ich fühle die Augen des Taxichauffeurs, der ungeduldig auf mich wartet. Ich möchte nicht, dass sie allein zurückbleibt. Papa ist bald wieder zu Hause, flüstere ich.

Sie sieht mich an und sagt, ich solle gut auf mich aufpassen.

Während ich die Reisetasche neben mich stelle, frage ich den Chauffeur, wie lange wir brauchen werden. Die Tür ist geschlossen, ich winke durch das Seitenfenster meiner Mutter in ihrem grauen Mantel zu. Sie winkt langsam zurück.

Während er die beste Strecke mit dem geringsten Verkehr erklärt, sehe ich ihr schönes Gesicht verschwinden. Er bevorzuge eine «weniger schlechte Straße an rostenden Fabriken entlang», wir würden wahrscheinlich eine Stunde brauchen. Beim Reden bewegt er die rechte Hand und behauptet, dass der Tag kommen werde, an dem das ganze Land eine einzige rostige Fabrik sein werde. Ich möchte nicht auf seine Theorie über die Zukunft Russlands eingehen, kann es aber doch nicht lassen, auf seine Finger zu schauen; die rechte Hand hat sechs. Wann genau mein Flug gehe, fragt er. Und obwohl ich es im Kopf habe, nehme ich doch zur Sicherheit mein Ticket, in der Hoffnung, damit meine Aufmerksamkeit abzulenken und nicht mehr an diese Hand zu denken. Wir haben reichlich Zeit, meint dieser Mann mittleren Alters mit seiner unerträglichen Handbewegung. Er beobachtet mich ständig in seinem Rückspiegel, und obwohl ich das durchaus kenne, weiß ich nicht, wie ich diese Fahrt überstehen soll. Ich starre auf seine Hand, inzwischen hat er alle Finger um das Lenkrad gelegt.

Über den Spiegel spricht er zu mir. Es sei eine angeborene Abweichung. Ich müsse nicht so erschrecken. Entschuldigend sage ich, dass ich nicht erschrocken sei, mein eigener Sohn sei behindert zur Welt gekommen. Mit diesen Worten schließen wir offenbar ein Bündnis, er sagt, dass er Pjotr heiße, und fragt nach meinem Namen. Darauf will er wissen, ob mich meine Eltern wirklich so genannt hätten oder ob Ludmilla in meinem Pass stehe. Wirklich Lunia, antworte ich, ohne weiter darüber nachdenken zu wollen, wer mich eigentlich so genannt hat.

Ob das häufig vorkomme, frage ich, und er sagt ja, aber hier in Russland nicht so oft, das habe der Kinderarzt seiner Mutter vor langer Zeit gesagt. Die Abweichung heiße mit einem schönen Wort «Polydaktylie», was nicht mehr bedeutet als «viele Finger». Ich höre ihm aufmerksam zu und ertappe mich dabei, dass mein Mund noch immer vor Verblüffung offen steht. Er habe auch extra Zehen, setzt er hinzu. Wenn es mich wirklich interessiere, zeige er mir demnächst einen Fuß, aber beim Fahren gehe das natürlich nicht. Ich danke Pjotr und sage, dass ich ihm glaube. Um ihn nicht zu beleidigen, bemühe ich mich noch und frage nach, ob er damit viele Probleme habe. Ob er denn Schuhe kaufen könne. Schuhe seien kein Problem, lächelt er. Damit habe er gar keine Probleme, seine Hände und Füße seien nun einmal seine hässlichsten Körperteile, das sei nun mal so, das Leben habe es im Gegenteil immer gut mit ihm gemeint, nur Lederhandschuhe für den Winter, das sei leider nicht drin.

Ich nicke noch einmal verständnisvoll mit inzwischen wieder geschlossenem Mund. Dann kommt er auf meinen Sohn zurück. Ich erzähle, dass wir in Amsterdam leben, dass mein kleiner Sohn jetzt dort ist, zu Hause, bei meinem Mann. Aber was denn seine Behinderung sei, fragt er interessiert, es kann ja schlechter oder besser sein als seine.

Mein Sohn wurde taubstumm geboren, sage ich, und das ist schlimmer als ein Paar Handschuhe.

Nun ist Pjotr schweigsam und überlegt sich eine gute Antwort für die Mutter eines solchen Kindes. Er betrachtet mich wieder im Rückspiegel, sagt aber kein Wort mehr, und ich bringe nur einen schicksalsergebenen Blick zustande.

Zum ersten Mal schäme ich mich nicht, wenn ich über Reuben spreche. Sogar wenn ich mich mit den Müttern anderer Kinder aus Reubens Schule unterhalte, fühle ich meine Scham oder mein Versagen, ich weiß nicht genau, was es ist. Aber diesmal scheint mir, als hätte ich meinen Frieden damit gefunden.

Ich muss mir an meiner Mutter ein Beispiel nehmen.

Vielleicht ist es eine Bereicherung zu wissen, was sie durchgemacht hat, vielleicht aber auch nicht. Ich spüre ein Stechen im Bauch. Ich verstehe, was geschehen ist, Mamička, wie es gelaufen ist. Du hast dich damit abgefunden, mit dem Leben, das du führen musstest. Nicht in deinem Land, nicht in deiner Muttersprache.

Ich denke an ihre große Liebe, die vielleicht doch noch in der sibirischen Steppe schuftet oder in einem dieser dunklen Wälder herumirrt, an die ich mich aus Papas Erzählungen erinnere. Oder er ist tatsächlich tot, verunglückt, umgebracht. Fakt ist, dass ich auf die Welt gekommen bin. Und die Welt in mich. Ich muss versuchen, etwas daraus zu machen.

Als die Stadt schon lange hinter uns liegt, deutet er plötzlich mit zwei Zeigefingern auf die Fabriken in der Ferne rechts von uns, um zu unterstreichen, was für eine Luftverschmutzung die verursachen. Aber damit hätte ich vorläufig kein Problem, behauptet er, im Westen kämen die Probleme erst viel später auf die Tagesordnung. Ich bin nicht in der Stimmung für eine heftige politische Diskussion und stimme ihm deshalb zu. Damit ist er nicht zufrieden, es scheint zum Auswahlverfahren für russische Taxifahrer zu gehören, dass man sich gern über Politik verbreitet. Meine schweigsame

Zustimmung ermuntert ihn fortzufahren. Ob ich denn wisse, was den Westen letzten Endes untergehen lassen werde, fragt Pjotr.

Ich bedeute mit meinen Schultern, dass ich es nicht weiß. Keine Ahnung. Ich frage mich, was wohl mein hässlichster Körperteil sein mag. Nun blickt er so ernsthaft in den Spiegel, dass ich befürchte, er behält den Verkehr überhaupt nicht mehr im Auge.

Habsucht.

Das werde ich nicht bestreiten. Um seine Behauptung nochmals zu bekräftigen, wiederholt er, dass die freie Welt eines Tages an der Habsucht zugrunde gehen werde. Jetzt fühle ich mich genötigt, laut auszusprechen, dass er damit vermutlich recht haben werde. Ich pflichte seiner Behauptung bei und drehe dann den Kopf demonstrativ zur Seite, als würde ich fasziniert die Landschaft betrachten.

Zum ersten Mal seit Jahren, kaum eine Viertelstunde von Sankt Petersburg entfernt, vermisse ich meine Mutter. Ihre Wärme, die ich noch nie zuvor so gespürt habe.

Ich kann sie häufiger anrufen, wenn ich wieder in Amsterdam bin. Aber anrufen ist nie angenehm, ich kann nicht gut zuhören, wenn Reuben danebensitzt, er fordert so viel Aufmerksamkeit. Das muss anders werden, das muss künftig anders werden. Ich werde in den Abendstunden anrufen, Pech für Bas, der nichts von dem Gespräch versteht und behauptet, dass man aus unserer Sprache nicht klug werden könne. Oder ich kann ihr schreiben, sie geht doch jede Woche zum Postfach. Aber die Chance, dass meine Post sie erreicht, ist gering. Wie oft werden irgendwo in ausrangierten Eisenbahntunnels volle Postsäcke gefunden oder am Ufer stiller Seen? Es kommt hier so oft vor, dass Postboten ihre Arbeit nicht ernst nehmen, sie leben von einem erbärmlichen Lohn. Für den nicht einmal ein Hund den Fuß vor die Tür setzen würde. Es ist auch schwer zu kontrollieren, man weiß nicht, welche Post man bekommen sollte, und daher weiß man auch nicht, was verloren geht. Nein, ich werde ihr nicht schreiben, ich will lieber häufiger mit ihr reden, versuchen zu besprechen, was sich besprechen lässt. Am liebsten käme ich schnell wieder zurück, vielleicht können wir doch einmal hinfahren, im Sommer?

Nach dem Umrechnen von Rubeln in Euro bezahle ich den Fahrer so passend wie möglich und hoffe inständig, dass er mir danach nicht die Hand schüttelt. Warum sollte ein Taxichauffeur um Himmels willen seinem Fahrgast die Hand geben? Ich weiß es nicht, aber ich wage es nicht, die sechs Finger zu berühren. Die Hand zurückzuziehen wäre unhöflich, überlege ich, während er noch ein bisschen Wechselgeld herausholt und ich insgeheim flehe, dass es dann vorbei ist und ich mit meiner Reisetasche in den Flughafen hineindarf.

Er gibt mir ein paar Rubel heraus und wünscht mir eine angenehme Reise und alles Gute im Westen.

Ich danke ihm für die Fahrt und eile wie nie zuvor Richtung Drehtür.

Erst als ich im Flughafen stehe, hole ich tief Luft. Du bist ein richtiger Angsthase, sage ich mir.

Mit dem Kopf im Nacken lese ich auf dem großen Bildschirm, dass mein Flug eine Stunde Verspätung hat.

Ich reihe mich in eine lange Schlange Wartender ein. Jeder mit Gepäck in der Hand. Man hat einen Schlängelpfad gebaut, dem ich gewissenhaft folge.

III

Im Flieger versucht mein Nachbar ein Gespräch anzuknüpfen. Dazu bin ich nicht in der Stimmung. Ob ich in die Ferien fahre. Sehe ich so aus, als würde ich in die Ferien fahren?

Ich schüttle den Kopf.

Er ist unterwegs, um zu arbeiten. Ein Arzt. Ich bringe es nicht über mich, nach seinem Fachgebiet zu fragen. Ich wische mir die Hände an meiner Hose ab und schiebe sie zwischen meine übereinandergeschlagenen Oberschenkel. Mit einem müden Seufzer entschuldige ich mich für mein Desinteresse und schließe darauf demonstrativ die Augen. Ich sollte vielleicht besser zuerst meinen Sicherheitsgurt anlegen, bevor ich einschlafe, schlägt mein Nachbar vor. Wie peinlich. Ich spüre, dass ich ein bisschen rot anlaufe. Ich lächle unangenehm berührt, danke für den guten Rat. Dann klicke ich den Gurt zu und ziehe das rechte Ende so straff wie möglich an. Er beobachtet es, als ob etwas nicht in Ordnung wäre. So straff anziehen soll nicht gut sein. Ich weiß nicht, warum er sich einmischt.

Abermals lasse ich die Lider zufallen und stecke meine Hand zwischen die Beine, als ob ich mir hier meine Finger wärmen könnte.

In die Ferien? Was denkt er sich denn eigentlich –

Obwohl es noch nicht meine Haltestelle ist, drücke ich schon auf den Knopf.

Mit der Reisetasche über der Schulter schiebe ich mich

durch die Gasse. Es nieselt gerade so viel, dass es einem auf die Nerven geht. Die Tasche fühlt sich schwerer an, als sie ist, das wird an der Müdigkeit liegen. Als ich vor den sechs Klingeln stehe, schaue ich zuerst kurz auf meine Armbanduhr. Halb elf, ich kann noch gut klingeln. Bei einem Gespräch über eine leer stehende Wohnung hatte er mir erzählt, dass er im dritten Stock wohne. Der Aufstieg samt Tasche und all dem anderen Kram ist mir auf einmal viel zu anstrengend, im zweiten Stock muss ich kurz stehen bleiben. Ich höre ihn von oben rufen, fragen, wer um diese Zeit noch vorbeikomme, aber ich antworte nicht, er wird mich ja gleich sehen.

Was für ein Geruch hängt hier im Treppenhaus, es riecht nach Katzenpisse, das kann ich mir kaum vorstellen. Ob er eine Katze hat?

Dass er zuerst eine große Tasche sieht und danach ein kleines Mädchen, sagt er lachend und mit einer zufriedenen Verwunderung in den Augen. Ob ich eben erst zurück sei? Ich nicke aus dem Treppenhaus, gebe aber noch keinen Ton von mir, mein Atem lässt es nicht zu.

Ob es ihm vielleicht gerade nicht passe, frage ich zweifelnd. Bist du verrückt, meine Schöne. Da ist wieder diese volle Überzeugung in seiner Stimme, etwas wie Unbedingtheit, es fühlt sich an, als käme ich wirklich nach Hause. Bevor ich mich's versehe, stehe ich unmittelbar vor ihm. Er küsst mich fest auf den Mund, worauf ich zu sagen versuche, dass ich schmutzig sei nach einem so langen Reisetag, dass ich seit Stunden unterwegs sei, aus dem Zentrum von Sankt Petersburg. Ob er eine Katze habe, frage ich.

Bestimmt wegen des Geruchs, fragt er lachend. Ich nicke, und er erzählt von der Katze der Nachbarin unter ihm, die Zucker hat. Das Tier bekommt zweimal täglich eine Insulinspritze. Ich wusste nicht einmal, dass Katzen auch zuckerkrank werden können. Er nickt. Und das Tier läuft oft durchs Treppenhaus, zum Verrücktwerden. Weil sie nicht ganz in Ordnung ist, beschwere ich mich nicht allzu viel. Aber wenn ich hier der Verwalter wäre, dann hätte ich längst etwas unternommen, lästert er, und da sehe ich wieder seine schönen Zähne und die starke Kinnpartie. In unserem Land würde man gar nicht darauf achten, behauptet er, aber hier im Westen kann man alle Hände voll zu tun haben mit den Injektionen für sein Haustier.

Wie es denn gewesen sei, wieder in unserem Vaterland zu sein, fragt er, nimmt mir die Tasche von der Schulter und zieht mich an der Hand in sein Apartment. Ich rieche nasses Leder, ich sollte meine Jacke ausziehen.

Wie es war?

Ich habe keine Ahnung, denke ich und gehe in die offene Küche, um mir die Hände zu waschen. Ein Riesenstück Seife. Ich könnte berichten, dass ich möglicherweise ursprünglich keinen vierbuchstabigen russischen Nachnamen habe, sondern einen schönen tschechischen oder slowakischen – ich glaube nicht, dass ich wirklich scharf darauf bin.

Wieder im Zimmer lasse ich mich auf seine rote Couch fallen. Er gibt sich zufrieden mit meinem Schweigen, zieht mir die hohen Stiefel aus und hält meinen rechten Fuß in seinen Händen. Dass mir wohl kalt sei, sagt er, reibt meine Zehen und steht dann auf, um Wasser aufzusetzen. Ich rolle mich auf seiner großen Couch zusammen, während ich ihn in der Küche summen höre, «Lunia, Lunia», als ob ich nie weg gewesen wäre.

Wie komme ich dazu, nicht nach Hause zu gehen? Ich weiß, dass man mich dort erwartet, und außerdem liegt ein schlafendes Kind im Bett, das einen Kuss von mir bekommen sollte.

Wie es meinem Vater gehe, fragt er, während er zwei Tassen Tee hinstellt.

Ich sage, dass er auf dem Weg der Besserung sei, aber eigentlich habe ich keine Lust, darüber zu reden. Ich möchte so gern seine Arme um mich fühlen, es ist, als ob er mich schon so lange kennen würde, dass ich um nichts bitten muss, dass ich bekomme, was ich mir ersehne, ich sehe es an seinem Blick, an der Art, wie er sich mit den Händen durchs Haar fährt, er bereitet sich auf das vor, was kommen wird. Mein Schweigen stört ihn nicht, er drückt mein Gesicht an seine Brust und streichelt mein langes Haar. Nur ruhig, Mädchen, sagte er. Ich möchte ganz kurz vergessen, alles, was ich erfahren habe, einfach ganz kurz vergessen und hier die Zeit mit dem Mann auskosten, der mich schön und gut findet, wie ich bin, ich muss nicht anders sein oder mich anders verhalten, ich muss mich nicht auf dem Klo oder draußen auf der Straße beruhigen, ich darf meinen Kopf an seiner Brust ausruhen, und dann löse ich mich langsam, um ihn anzusehen, um es wirklich zu erleben, und dann schiebt er meinen viel zu langen Pony nach hinten, um mich fest auf die Stirn zu küssen. Mein Kopf in seinen Händen ist müde, ich schließe die Augen und kann nicht mehr sprechen, wenn du mich nur festhältst, möchte ich sagen. Ich weiß nicht so recht, was das alles für mich bedeutet, Alex, aber ich muss nichts sagen, ich darf dasitzen und werde endlich ernst genommen. Mit der rechten Hand wischt er mir behutsam die Tränen weg. Ob ich reden möchte. Ich habe noch kein Wort herausgebracht, und eigentlich möchte ich auch nicht, ich möchte nichts als hier sein, damit ich das alles nicht mehr allein tragen muss, weil er es gut mit mir meint. Als meine Antwort ausbleibt, bedeckt er meine Lippen mit den seinen, wir atmen im selben Rhythmus. Wir sind wie zwei Tropfen, sobald der eine den anderen berührt, sind sie eins. Ich weiß nicht, wie lange ich schon hier bin, aber ich weiß, dass sich meine Schenkel öffnen in der Hoffnung, er möge mich schwimmen lassen, ich möchte unter Wasser bleiben und nie mehr auftauchen. Er hat mich ausgezogen, meine Hose nach unten geschoben, ich klemme seinen Kopf fest zwischen meine Beine, er darf mich nie mehr gehen lassen. Er wärmt meinen Bauch, wärmt mich von innen, ich kann nicht mehr atmen, ich möchte diesen Moment festhalten, er soll bleiben. Ich nehme seine Hand und führe sie an meine Brust, er weiß, wie er mit mir umgehen muss, er betastet meine Haut, wie das noch nie jemand getan hat. Es ist kaum Licht im Zimmer, alles wirkt dunkel, ich atme wieder durch, ich möchte jeden Tag zu ihm nach Hause kommen, jeden Tag seine Kraft durch mich strömen lassen – das habe ich mir nie einzugestehen gewagt. Als ich ihn nah an meinem Ohr atmen höre, während er mich ganz ausfüllt, habe ich mich nicht mehr unter Kontrolle. Ich presse mich noch enger an ihn, als er leise an meinem Ohr zu summen beginnt.

Das Anschnallzeichen leuchtet auf. Ich habe meinen Gurt nicht gelöst.

Mein Nachbar sagt, ich hätte das Essen verpasst.

Als ich meine Hände zwischen den Oberschenkeln herausziehe, fühlen sie sich klamm an.

Mir ist heiß, trotz der viel zu dünnen Hose.

Er hätte es gern aufessen können, sage ich leise.

Nach der Landung schalte ich sofort mein Telefon an. Drei Nachrichten. Eine von einer unbekannten Nummer. Ich klicke sie an. Wie es in unserem Heimatland gewesen sei, wird gefragt.

Zwei Nachrichten in der Mailbox. Obergeschoss Valeriusstraat. Ob Nägel in die Wände dürfen. Diesen Mieter habe ich neulich dort untergebracht. Er möchte in seiner Wohnung gern einiges aufhängen. Meinetwegen darf er Nägel einschlagen, wo er möchte, aber es würde mich nicht wundern, wenn er eigentlich bohren meint. Ich werde ihn morgen zurückrufen. Darüber habe nicht ich zu bestimmen, ich muss die Erlaubnis des Eigentümers einholen. Die zweite Nachricht ist vom selben Mieter.

Mit der Reisetasche zwischen den Beinen stehe ich in der Straßenbahn, mit der rechten Hand halte ich mich an einer Lehne fest. Nirgendwo ein Sitzplatz. Niemand unterhält sich hier, jeder hat seine eigene Unterhaltung dabei, von Musik im Kopfhörer bis zum Mobiltelefon. Im Bus in Sankt Petersburg habe ich das nicht gesehen. Es ist schon gegen zehn, ich habe lange gebraucht, es fühlt sich an, als sei ich einen vollen Tag unterwegs gewesen. Ich bin mit mehr Fragen zurückgekommen, als ich hingefahren bin. Vielleicht sollte ich es einfach hinter mir lassen, ich muss ja schließlich nicht wissen, was ich inzwischen erfahren habe. Gut dreißig Jahre habe ich ohne dieses Wissen gelebt.

Mir läuft ein Schauder über den Rücken, ich will dieses Gespräch nicht führen, ich weiß schon im Voraus, dass ich mich ärgern werde, Bas kann so schrecklich rational reagieren. Er wird sagen, dass wir einen Gentest machen lassen müssen, jedenfalls, solange mein Vater noch lebt, als ob ich nicht selbst daran gedacht hätte, aber warum sollte ich das wollen? Was bringt es mir?

Kein Ergebnis wäre mir recht.

Ich bin müde, und mir ist kalt. Mit dem Gesicht im Mantelkragen versteckt gehe ich durch die mondbeschienenen Straßen. Meine Zerrissenheit nimmt zerstörerische Formen an, als ob mein Körper mit mir nicht mehr weiterwollte, mein Rumpf nicht bei mir sein wollte. Mit einer schnellen Bewegung ziehe ich den Reißverschluss der Tasche auf und nehme den Kompass meines Vaters fest in die rechte Hand, während ich weiterstapfe. Ich muss nicht einmal darauf schauen, um zu wissen, dass er mich zu meinem Kind bringt. Ich fühle mich allmählich stärker werden und begreife, dass ich jetzt einfach jemand auf der Straße bin.

Jemand, der weitermuss.

Bas begrüßt mich an der Tür.

Weil er, geduldig wie immer, auf mein Eintreffen zu Hause gewartet hat, hat er mich bereits im Treppenhaus gehört.

Er nimmt mir den Mantel ab. Meine Tasche lasse ich fallen. Er fragt, wie es mir gehe.

Es geht.

Ob ich etwas gegessen hätte.

Ich habe keinen Appetit. Zuerst die Hände waschen, endlich wieder mit meiner eigenen Seife. Dann gehe ich zu seinem Bettchen.

Als ich mit Reuben in den Armen das Wohnzimmer betrete, fragt Bas, was ich um Himmels willen vorhätte. Warum ich ein schlafendes Kind aus dem Bett reißen müsse?

Ohne zu antworten, drücke ich den kleinen glühenden Körper an mich.

Nach wenigen Schritten stehe ich an der Fensterbank.

Vom dritten Stock aus betrachte ich den schwach erleuchteten Ausblick. Man sieht kaum noch Farben. Und trotzdem fühlt es sich hier sogar nachts besser an als dort am Tag. Selbst bei Tageslicht war meine Heimatstadt düster. Immer wieder sehe ich Papas Augen vor mir, seinen hoffnungslosen Blick, wie er dalag und in seinem Bett wartete, als sei eigentlich alles egal.

Es ist auch egal.

Ich lege mein Ohr an Reubens Kopf. Ich muss es anders machen. Ihm ein Gefühl vermitteln, das ich selbst nicht mehr kenne.

Bas stellt sich neben mich. Ich hebe wieder den Kopf.

Alles in Ordnung, sage ich, er schläft weiter. Bas nickt und starrt in die Nacht. Er bezweifelt, dass ich es bei dem schwachen Licht erkennen kann, aber der Balkon steht ziemlich unter Wasser, es hat heute ungeheuer viel geregnet.

Ich kann es tatsächlich nicht sehen, aber es wird wohl wieder eine verstopfte Dachrinne sein.

Wir müssen die Blätter entfernen.

Er nickt und schlägt vor, morgen kurz nachzusehen.

Ist gut, antworte ich, und dann schließe ich die Augen, während ich Reuben auf den Armen wiege, noch fester an mich drücke. All diese wilden ersten Blätter wurden schon wieder erbarmungslos von den Bäumen geschlagen. Der Wind hat sie mitgerissen, und nun liegen sie da, mit Regenwasser und Sand vermischt auf einem Haufen Matsch. Sie trüben das Wasser und verstopfen den Abfluss.

Meine Lippen pressen sich auf die kleine Stirn.

Mama fegt morgen alles weg, Ruby.

Für ihre Liebe, Geduld und Unterstützung danke ich Daniël Schipper, Marcel Möring, Henk Pröpper, Jaap Nico Hamburger, Anne Margriet van Dam, Mirjam Schipper und natürlich meinen Verlegern Christoph Buchwald und Eva Cossée.

Aus dem Verlagsprogramm

Tina Uebel
Last Exit Volksdorf
Roman
Etwa 272 Seiten. München 2011

Michael Stavarič
Brenntage
Roman
Etwa 160 Seiten. München 2011

Kurt Drawert
Idylle, rückwärts
Gedichte aus drei Jahrzehnten
Etwa 256 Seiten. München 2011

Alon Hilu
Das Haus der Rajanis
Roman
Etwa 384 Seiten. München 2011

Bernadette Conrad
Die vielen Leben der Paula Fox
Ein Porträt
Etwa 192 Seiten. München 2011

Paula Fox
Die Zigarette und andere Stories
Etwa 224 Seiten. München 2011

Matt Beynon Rees
Der Attentäter von Brooklyn
Omar Jussufs vierter Fall
Roman
Etwa 280 Seiten. München 2011

Catalin Dorian Florescu
Jacob beschließt zu lieben
Roman
406 Seiten. München 2011

Alon Hilu
Das Haus der Rajanis

August 1895: Ein Schiff mit jüdischen Siedlern erreicht den Hafen von Jaffa, unter ihnen der junge Agrarwissenschaftler Isaac Luminsky mit seiner schönen Frau Esther – frisch verheiratet und voller Zukunftserwartungen.

Doch bereits der erste Kontakt mit den palästinensischen Arabern verläuft unglücklich:

Esthers Koffer landen im Wasser. Isaac freundet sich mit dem zwölfjährigen muslimischen Salach Rajani an, der verträumt, mitunter etwas verstört auf dem weitläufigen Familienanwesen am Stadtrand abgeschottet aufwächst. Mehr und mehr interessiert sich Isaac allerdings für dessen attraktive Mutter Afifa und das fruchtbare Land der Rajanis.

Die Ereignisse überschlagen sich, als der Vater des Jungen nach langer Geschäftsreise zurückkehrt, Salach seine Mutter und Isaac in flagranti erwischt und die arabischen Arbeiter vom Land der Familie vertrieben werden. Freundschaft schlägt in Hass um, Salachs geistige Verwirrung nimmt zu, die Grenzen zwischen Realität und Phantasie verschwimmen.

In seinem neuen Roman, der in Israel enormes Aufsehen erregte, entwirft Alon Hilu ein farbiges und genaues Bild Palästinas Ende des 19. Jahrhunderts, erzählt sinnlich, komisch und spannend in Form wechselnder Tagebucheinträge von einem dramatischen Konflikt, der bis heute anhält. So bekommt man einen ungeschminkten, jüdischen wie palästinensischen Blick auf die historischen Ereignisse.

Catalin Dorian Florescu
Jacob beschließt zu lieben

In seinem neuen großen Roman erzählt Catalin Dorian Florescu die abenteuerliche Lebensgeschichte des Jacob Obertin aus dem schwäbischen Dorf Triebswetter im rumänischen Banat. Es ist eine Geschichte von Liebe und Freundschaft, Flucht und Verrat und darüber, wie die Fähigkeit eines Menschen zu lieben ihn über alles hinwegretten kann. Jacobs Geschichte – zeitlich zwischen dem Ende der 20er- und Anfang der 50er-Jahre angesiedelt – weitet sich zu einem Familienepos, in dem temporeich und in dichten, fantastischen Bildern das Schicksal der Obertins über 300 Jahre hinweg erzählt wird, beginnend mit dem Dreißigjährigen Krieg in Lothringen.

Ende des 18. Jahrhunderts hatten sich Jacobs Vorfahren, wie viele Tausende anderer aus Lothringen ein besseres Leben suchend, auf den gefährlichen Weg ins Banat gemacht, um ihr Glück zu finden und eigenes Land zu besitzen. Jacob wird mit dem Kampf um Macht und Besitz konfrontiert, wird vom eigenen Vater verraten und verliert seine erste Liebe. Doch immer wieder gibt es Menschen, die ihm helfen, die Wechselfälle der Geschichte – Diktaturen und Deportationen – mit ihren grotesken und katastrophalen Folgen zu überleben und einen neuen Aufbruch zu wagen.

In diesem zärtlichen und spannenden Buch – Entwicklungs- und historischer Roman zugleich – bekommen wir auch ein atemberaubendes Konzentrat europäischer Geschichte geboten. Das Bild einer Welt, die nicht zur Ruhe gekommen ist.